读者丛书

DUZHE CONGSHU

中国文化读本

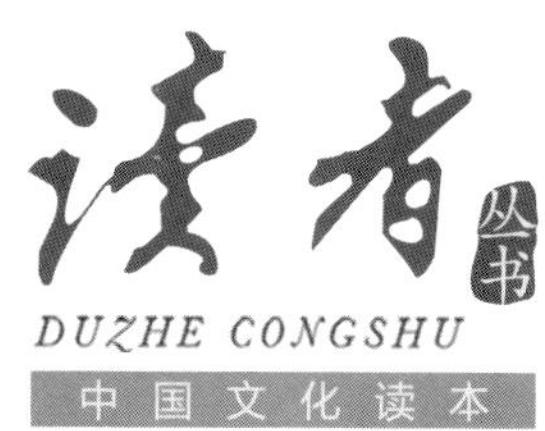

每一秒陪伴都是爱

读者丛书编辑组 / 编

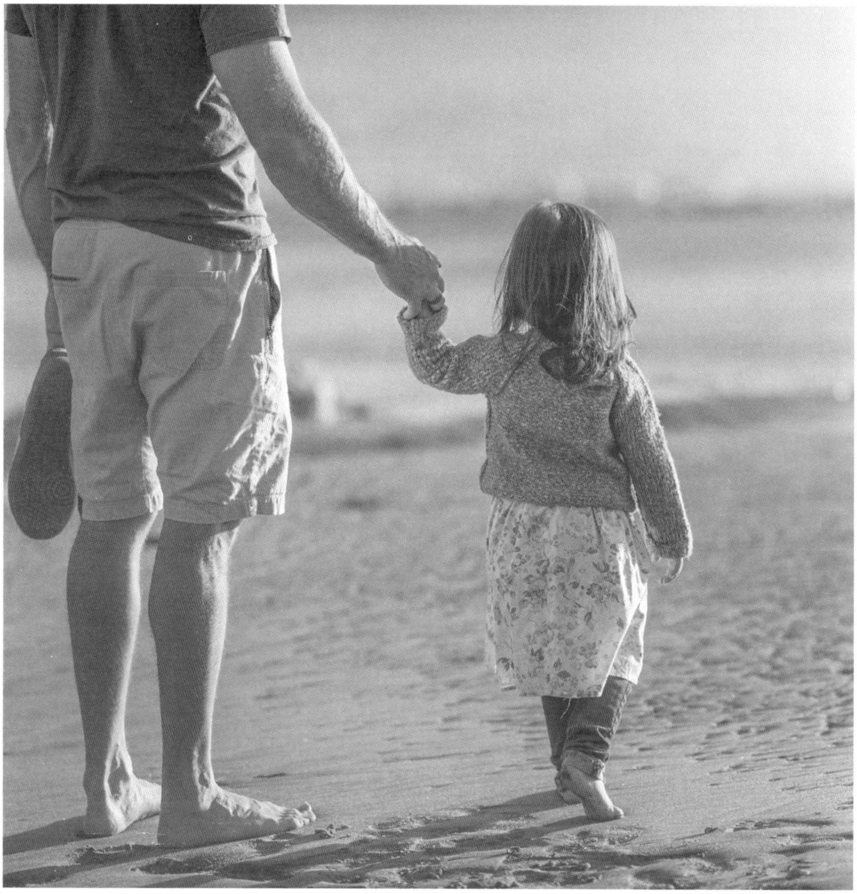

读者出版传媒股份有限公司
甘肃人民出版社

图书在版编目（CIP）数据

每一秒陪伴都是爱 / 读者丛书编辑组编. -- 兰州：甘肃人民出版社，2020.4
（读者丛书. 中国文化读本）
ISBN 978-7-226-05537-3

Ⅰ. ①每… Ⅱ. ①读… Ⅲ. ①散文集－中国－当代 Ⅳ. ①I267

中国版本图书馆CIP数据核字(2020)第047992号

总 策 划：马永强　李树军
项目统筹：李树军　党晨飞
策划编辑：党晨飞
责任编辑：李依璇
封面设计：久品轩

每一秒陪伴都是爱
读者丛书编辑组　编
甘肃人民出版社出版发行
(730030　兰州市读者大道 568 号)
北京温林源印刷有限公司印刷
开本 710毫米×1000毫米　1/16　印张 15.75　插页 2　字数 232 千
2020年4月第1版　2020年4月第1次印刷
印数：1~10 000
ISBN 978-7-226-05537-3　定价：32.80元

目　录

CONTENTS

001　超人 / 冰　心

007　多年父子成兄弟 / 汪曾祺

010　最深情的哺育 / 梁晓声

015　世界 / 铁　凝

019　家 / 史铁生

022　买一张火车票去看母亲 / 高建群

026　奖 / 杏林子

030　龙眼与伞 / 迟子建

033　雪 / 蒋　勋

037　一夜长大 / 叶倾城

040　为你，我说过多少颠三倒四的话 / 张丽钧

043　向日葵 / 尤　今

046　等你回家 / 丁立梅

049　因为爸妈只有你 / 杨熹文

054　探望女儿小记 / 蒋　蓝

057　母亲的愿望 / 冉崇伟

063　这一锅汤 / 翟敬宜

067　儿子的礼物 / 琦　君

070　我要为你建一座花园 / 禾　素
075　爱是一朵无声花 / 葛　闪
078　前半生　后半世 / 王　宁
082　外婆 / 龙　莱
087　那些“没用”的付出 / 古　典
089　孩子的欢喜 / 郑彦英
092　摘些山花给妈妈 / 盛可以
094　夜的尽头是家的灯光 / 马家越
097　雪是最薄的玻璃 / 山　鬼
101　母爱一滴就是海 / 杨汉光
103　家常 / 杨绍武
106　十指连心 / 芃　然
108　最后的早餐 / 妞　妞
113　爱的表达方式 / Ygbbok
115　一封微信家书 / 静静爸
118　爸妈加我微信了 / 秦雨晨
122　网友 / 张　乐
127　谁会替你来爱我 / 宁　子
134　我是你们的孩子 / 莫小米
136　外婆菜 / 张佳玮
139　不污染，常持心 / 崔曼莉
142　阿公的荔枝 / 林立铭
145　不能对外婆说的话 / 刘　同

150　我家的小米椒 / 张宜彪
152　无从告别的告别 / 里则林
157　天上飘下来的礼物 / 孙道荣
159　冷爱 / 苏沧桑
162　茶苦茶香 / 王虹莲
165　藏在岁月里的温暖 / 王　豪
168　共同经历一场爱情 / 孙道荣
171　充满爱心的谎言 / 李家同
175　总有一个人要先走 / 巫　涼
179　寒夜急诊 / 陈妙青
184　幸福 / 刘晓锦
186　网上绝唱 / 刘一达
191　有那么一个人让我爱恨交织 / 张　春
195　你坚强了太久，该换我了 / 吴晓冰
200　这辈子最爱的人 / 常　草
204　二的 / 宋　艺
207　笨拙如你，温暖如你 / 苏尘惜
213　一人不爱，何以爱天下 / 辉姑娘
217　别把我当陌生人 / 尉克冰
220　爱无隙 / 陈绍龙
223　共同的秘密 / 崔　浩
225　邻家的枣树 / 周宏伟
227　把手机借给陌生人 / 闫　红

232　与全世界人分享你的家 / 李雪晴
238　我们都爱上了朋友圈里的虚伪 / 孙骁骥
243　我愿意去读懂你 / 王小毛

246　致谢

超　人

冰　心

何彬是一个冷心肠的青年，从来没有人看见他和人有什么来往。他住的那一座大楼上，同居的人很多，他却都不理人家，也不和人家在一间食堂里吃饭，偶然出入遇见了，轻易也不招呼。邮差来的时候，许多青年欢喜跳跃着去接他们的信；何彬却永远得不着一封信，但也从来没有人看见他发过一封信。他除了每天上局里办事，和同事们说几句公事上的话，以及房东程姥姥替他端饭的时候，也说几句照例的应酬话，此外就不开口了。

他不但是和人没有交际，凡带一点生气的东西，他都不爱，屋里连一朵花，一根草，都没有，冷阴阴的如同山洞一般。书架上却堆满了书，他从局里低头独步回来，关上门，摘下帽子，便坐在书桌旁边，随手拿起一本书来，无意识地看着。偶然觉得疲倦了，也站起来在屋里走了几转，或是拉开帘幕望了一望，但不多一会儿，便又闭上了。

程姥姥总算是他另眼看待的一个人。她端进饭去，有时便站在一边，絮絮叨叨地和他说话，也问他为何这样孤零。她问上几十句，何彬偶然答应几句说："世界是虚空的，人生是无意识的。人和人，和宇宙，和万物的聚合，都不过如同演剧一般，上了台是父子母女，亲密得了不得；下了台，摘了假面具，便各自散了。哭一场也是这么一回事，笑一场也是这么一回事。与其互相牵连，不如互相遗弃；而且尼采说得好，爱和怜悯都是恶……"程姥姥听着虽然不很明白，却也懂得一半，便笑道："要这样，活在世上有什么意思。死了，灭了，岂不更好，何必穿衣吃饭？"他微笑道："这样，岂不又太把自己和世界都看重了。不如行云流水似的，随他去就完了。"程姥姥还要往下说话，看见何彬面色冷然，低着头只管吃饭，也便不敢言语。

这一夜他忽然醒了。听得对面楼下凄惨地呻吟着，这痛苦的声音断断续续地在这沉寂的黑夜里只管颤动。他虽然毫不动心，却也搅得他一夜睡不着。月光如水，从窗纱外泻将进来。他想起了许多幼年的事情——慈爱的母亲，天上的繁星，院子里的花……他的脑子累极了，竭力想摈绝这些思想，无奈这些事只管奔凑了来，直到天明，才微微地合一合眼。

他听了三夜的呻吟，看了三夜的月，想了三夜的往事。

眠食都失了次序，眼圈儿也黑了，脸色也惨白了。偶然照了照镜子，自己也微微地吃了一惊。他每天还是机械似地做他的事——然而在他空洞洞的脑子里，凭空添了一个深夜的病人。

第七天早起，他忽然问程姥姥对面楼下的病人是谁？程姥姥一面惊讶着，一面说："那是厨房里跑街的孩子禄儿。那天上街去了，不知道为什么把腿摔坏了。自己买块膏药贴上了，还是不好，每夜呻吟的就是他。这孩子真可怜，今年才 12 岁呢，素日家勤勤恳恳极疼人的……"何彬自己只管穿衣戴帽，好像没有听见似的，自己走到门边，程姥姥也住了口，端起碗来，刚要出门，何彬慢慢地从袋里拿出一张钞票来，递给程姥姥说："给那禄儿吧，叫他请大夫治一治。"说完了，头也不回，径自走了，程姥姥一看那巨大的数目，不禁愕然，何先生也会动起慈悲念头来，这是破天荒的事情啊！

她端着碗，站在门口，只管出神。

呻吟的声音，渐渐轻了，月儿也渐渐缺了。何彬还是朦朦胧胧的——慈爱的母亲，天上的繁星，院子里的花……他的脑子累极了，竭力想摈绝这些思想，无奈这些事只管奔凑了来。

过了几天，呻吟的声音住了，夜色依旧沉寂着，何彬依旧“至人无梦”地睡着。前几夜的思想，不过如同晓月的微光，照在冰山的峰尖上，一会儿就过去了。

程姥姥带着禄儿几次来叩他的门，要跟他道谢；他好像忘记了似的，冷冷地抬起头来看了一看，又摇了摇头，仍去看他的书。禄儿仰着黑胖的脸，在门外站着，几次要哭了出来。

这一天晚饭的时候，何彬告诉程姥姥说他要调到别的局里去了，后天早晨便要起身，请她将房租饭钱，都清算一下。程姥姥觉得很失意，这样清静的住客，是少有的，然而究竟留他不得，便连忙和他道喜。他略略地点一点头，便回身去收拾他的书箱。

他觉得很疲倦，一会儿便睡下了。忽然听得自己的门钮动了几下。接着又听见似乎有人用手推的样子。他不言不动，只静静地卧着，一会儿也便渺无声息。

第二天他自己又关着门忙了一天，程姥姥要帮助他，他也不肯，只说有事的时候再烦她。程姥姥下楼之后，他忽然想起一件事来，绳子忘了买了。慢慢地开了门。只见人影儿一闪，再看时，禄儿在对面门后藏着呢。他踌躇着四周看了一看，一个仆人都没有，便唤道：“禄儿你替我买几根绳子来。”禄儿趔趄地走过来，欢天喜地般接了钱，如飞走下楼去。

不一会儿，禄儿脸跑得通红，喘息着走上来，一只手拿着绳子，一只手背在身后，微微地露着一两点金黄色的星儿。他递过了绳子，仰着头似乎要说话，那只手也渐渐地回过来。何彬却不理会，拿着绳子，自己便进去了。

他忙着都收拾好了，握着手周围看了看，屋子空洞洞的，睡下的时候，他觉得热极了，便又起来，将窗户和门，都开了一缝，凉风来回地吹着。

依旧热得很。脑筋似乎很杂乱，屋子似乎太空洞。累了两天了，起居上自然有些反常。但是为何又想起深夜的病人？慈爱的……不想了，烦闷得很！

微微的风，吹扬着他额前的短发，吹干了他头上的汗珠，也渐渐地将他扇进梦里去。

四面的白壁，一天的微光，屋角几堆的黑影，时间一分一分地过去了。

慈爱的母亲，满天的繁星，院子里的花。——不想了，烦闷……闷……

黑影漫上屋顶去，什么都看不见了，时间一分一分地过去了。

风大了，那壁厢放起光明。繁星历乱地飞舞进来，星光中间缓缓地走进一个白衣的妇人，右手撩着裙子，左手按着额前。走近了，清香随将过来。渐渐地俯下身来看着，静穆不动地看着——目光里充满了爱。

神经一时都麻木了，起来吧，不能，这是摇篮里，呀！母亲，慈爱的母亲。

母亲啊！我要起来坐在你的怀里，你抱我起来坐在你的怀里。

母亲啊！我们只是互相牵连，永远不互相遗弃。

渐渐地向后退了，目光仍旧充满了爱。模糊了。星落如雨，横飞着都聚到屋角的黑影上。

“母亲啊，别走，别走……”十几年来隐藏起来的爱的神情，又呈露在何彬的脸上；十几年来不见点滴的泪儿，也珍珠般散落了下来。

清香还在，白衣的人儿还在。微微地睁开眼，四面的白壁，一天的微光，屋角的几堆黑影上，送过清香来。刚动了一动，忽然觉得有一个小人儿，蹑手蹑脚地走了出去，临到门口，还回过小脸儿来，望了一望。他是深夜的病人——是禄儿。

何彬竭力坐起来，那边捆好了的书箱上面，放着一篮金黄色的花儿，他穿着单衣走了过去，花篮底下还压着一张纸，上面大字纵横，借着微光看时，上面是：

我也不知道怎样可以报先生的恩德。我在先生门口看了几次，桌子上都没有摆着花儿。这里有的是卖花的，不知道先生看见过没有？这篮子里的花，我也不知道是什么名字，是我自己种的，倒是香得很，我最爱它。我想先生也必是爱它。我早就要送给先生了，但是总没有机会。昨天听说先生要走了，所以赶紧送来。

我想先生一定是不要的。然而我有一个母亲，她因为爱我的缘故，也很感激先生。先生有母亲吗？她也一定是爱先生的。这样，我的母亲和先生的母亲是好朋友了。所以先生必要收母亲的朋友的儿子的东西。

禄儿叩上

何彬看完了，捧着花儿，回到床前，什么定力都尽了，不禁呜呜咽咽地痛哭起来。

清香还在，母亲走了！窗内窗外，互相辉映的，只有月光，星光，泪光。

早晨程姥姥进来的时候，只见何彬都穿着好了，帽儿戴得很低，背着脸站在窗前。程姥姥赔笑着问他用不用点心，他摇了摇头。车也来了，箱子也都搬下去了。何彬泪痕满面，静默无声地谢了谢程姥姥，提着一篮的花儿，遂从此上车走了。

禄儿站在程姥姥的旁边，两个人的脸上，都堆着惊讶的颜色。看着车尘远了，程姥姥才回头对禄儿说：“你去把那间空屋子收拾收拾，再锁上门吧，钥匙在门上呢。”

屋里空洞洞的，床上却放着一张纸，写着：

小朋友禄儿：

我先要深深地向你谢罪，我的恩德，就是我的罪恶。你说你要报答我，我还不知道我应当怎样报答你呢！

你深夜的呻吟，使我想起了许多的往事。头一件就是我的母亲，她的爱可以使我止水似的感情，重又荡漾起来。我这十几年来，错认了世界是虚空的，人生是无意识的。爱和怜悯都是恶德。我给你那药费，里面不含着丝毫的爱和怜悯，不过是拒绝你的呻吟，拒绝我的母亲，拒绝了宇宙和人生，拒绝了爱和怜悯。天啊！这是什么念头啊！

我再深深地感谢你从天真里指示我的那几句话。小朋友啊！不错的，世界上的母亲和母亲都是好朋友，世界上的儿子和儿子也都是好朋友，都是互相牵连，不是互相遗弃的。

你送给我那一篮花之先，我母亲已经先来了。她带了你的爱来感动我。我必不忘记你的花和你的爱！

也请你不要忘了，你的花和你的爱，是借着你朋友的母亲带了来的！

我是冒罪丛过的，我是空无所有的，更没有东西配送给你。

然而这时伴着我的，却有悔罪的泪光，半弦的月光，灿烂的星光。宇宙间只有他们是纯洁无疵的。我要用一缕柔丝，将泪珠儿穿起，系在弦月的两端，摘下满天的星儿来，放在弦月的圆凹里，不也是一篮金黄色的花儿吗？它的香气，就是悔罪的人呼吁的言辞，请你收了吧。只有这一篮花配送给你！

天已明了，我要走了。没有别的话说了，我只感谢你，小朋友！再见，再见。世界上的儿子和儿子都是好朋友，我们永远是牵连着啊！

何彬草书

我写了这一大篇，你未必都认得都懂得；然而你也用不着都懂得，因为你懂得的，比我多得多了！又及。

“他送给我的那一篮花儿呢？”禄儿仰着黑胖的脸儿，呆呆地望着天上。

（摘自《读者》2004年第10期）

多年父子成兄弟

汪曾祺

这是我父亲的一句名言。

父亲是个绝顶聪明的人。他是画家，会刻图章，画写意花卉。他会摆弄各种乐器，弹琵琶，拉胡琴，笙箫管笛，无一不通。

父亲是个很随和的人，我很少见他发过脾气，对待子女，从无疾言厉色。他爱孩子，喜欢孩子，爱跟孩子玩，带着孩子玩。我的姑妈称他为“孩子头”。春天，不到清明，他领一群孩子到麦田里放风筝。放的是他自己糊的蜈蚣。放风筝的线是胡琴的老弦。老弦结实而轻，这样风筝可笔直地飞上去，没有“肚儿”。他会做各种灯。用浅绿透明的“鱼鳞纸”扎了一只纺织娘，栩栩如生。在小西瓜上开小口挖净瓜瓤，在瓜皮上雕镂出极细的花纹，做成西瓜灯。

父亲对我的学业是关心的，但不强求。我小时上学，国文成绩一直是全班第一。我的作文，时得佳评，他就拿出去到处给人看。我的数学不好，他也不责怪，只要能及格，就行了。我小时字写得不错，他倒是给我出过一点主意。在我写过一阵“圭峰碑”和“多宝塔”以后，他建议我写写“张猛龙”。我初中时爱唱戏，唱青衣，在家里，他拉胡琴，我唱。学校开同乐会，他应我的邀请，到学校给我去伴奏。父亲那么大的人陪着几个孩子玩了一下午，还挺高兴。我十七岁初恋，暑假里，在家写情书，他在一旁瞎出主意。后来我学会了抽烟喝酒。他喝酒，给我也倒一杯。抽烟，一次抽出两根他一根我一根。他还总是先给我点上火。我们的这种关系，他人或以为怪。父亲说：“我们是多年父子成兄弟。”

我和儿子的关系也是不错的。我戴了“右派分子”的帽子下放张家口农村劳动，儿子那时从幼儿园刚毕业，刚刚学会汉语拼音，用汉语拼音给我写了第一封信。我也只好赶紧学会汉语拼音，好给他写回信。“文化大革命”期间，我被打成“黑帮”，送进“牛棚”。偶尔回家，孩子们对我还是很亲热。我的老伴告诉他们“你们要和爸爸‘划清界限’”，儿子反问母亲：“那你怎么还给他打酒?”只有一件事，两代之间，曾有分歧。他下放山西“插队落户”，按规定，春节可以回京探亲。不料他带回了一个同学。他这个同学的父亲是一位正受林彪迫害搞得人因家破的空军将领。这个同学在北京已经没有家，按照规定是不能回北京的，但是这孩子很想回北京，在一伙同学的秘密帮助下，我的儿子就偷偷地把他带回来了。他连“临时户口”也不能上，是个“黑子”。惹了这么一个麻烦，使我们非常为难。我和老伴把他叫到我们的卧室，对他的冒失行为表示很不满，我的儿子哭了，哭得很委屈，很伤心。我们当时立刻明白了：他是对的，我们是错的，我们对儿子和同学之间的义气缺乏理解，对他的感情不够尊重。他的同学在我们家一直住了四十多天，才离去。

对儿子的几次恋爱，我采取的态度是“闻而不问”。了解，但不干涉。

我的孩子有时叫我“爸”，有时叫我“老头子”！连我的孙女也跟着叫。我的亲家母说这孩子“没大没小”。我觉得一个现代化的，充满人情味的家庭，首先必须做到“没大没小”。父母叫人敬畏，儿女“笔管条直”最没有意思。

儿女是属于他们自己的。他们的现在，和他们的未来，都应由他们自己来设计。一个想用自己理想的模式塑造自己的孩子的父亲是愚蠢的，而且，可恶！另外作为一个父亲，应该尽量保持一点童心。

（摘自《读者》2000 年第 8 期）

最深情的哺育

梁晓声

我忘不了我的小说第一次被印成铅字时的那份儿喜悦。我日夜祈祷的是这回事儿。真是的，我想我该喜悦，却没怎么喜悦。避开人我躲在某个地方哭了，那一刻我最想我的母亲……

我的家搬到光仁街，已经是 1963 年了。那地方，一条条小胡同仿佛烟鬼的黑牙缝，一片片低矮的破房子仿佛是一片片疥疮。饥饿对于普通的人们的严重威胁毕竟开始缓解，我是小学五年级的学生了，已经有 30 多本小人书。

“妈，剩的钱给你。”

“多少?”

“五毛二。”

“你留着吧。”买粮、煤、劈柴回来，我总能得到几毛钱。母亲给我，因为知道我不会乱花，只会买小人书。当年小人书便宜，厚的三毛几一本，薄的才一毛几一本。母亲从不反对我买小人书。

我还经常出租小人书，在电影院门口、公园里、火车站。有一次火车站派出所一位年轻的警察，没收了我全部的小人书，说我影响了站内秩序。

我一回到家就号啕大哭，我用头撞墙。我的小人书是我巨大的财富，我觉得我破产了，从阔绰富翁变成了一贫如洗的穷光蛋。我绝望得不想活，想死。我那种可怜的样子，使母亲为之动容，于是她带我去讨还我的小人书。

“不给！出去出去！”车站派出所年轻的警察，大檐帽微微歪戴着，上唇留两撇小胡子，一副葛列高利那种桀骜不驯的样子。母亲代我向他承认错误，代我向他保证以后绝不再到火车站出租小人书，话说了许多，他烦了，粗鲁地将母亲和我从派出所推出来。

母亲对他说：“不给，我就坐在台阶上不走。”

他说：“谁管你！”“砰”地将门关上了。

“妈，咱们走吧，我不要了……”

我仰起脸望着母亲，心里一阵难过。亲眼见母亲因自己而被人呵斥，还有什么事比这更令一个儿子内疚的？

“不走，妈一定给你要回来！”

母亲说着，就在台阶上坐了下去。并且扯我坐在她身旁，一条手臂搂着我。另外几位警察出出进进，连看也不看我们。

“葛列高利”也出来了一次。

“还坐这儿？”母亲不说话，不瞧他。“嘿，静坐示威……”他冷笑着又进去了……天渐黑了。派出所门外的红灯亮了，像一只充血的独眼自上而下虎视眈眈地瞪着我们。我和母亲相依相偎的身影被台阶斜折为三折，怪诞地延长到水泥方砖广场，淹在一汪红晕里。我和母亲坐在那儿已经近 4 个小时，母亲始终用一条手臂搂着我。我觉得母亲似乎一动也没动过，仿佛被一种持久的意念定在那儿了。

我想我不能再对母亲说——“妈，我们回家吧！”

那意味着我失去的是三十几本小人书，而母亲失去的是被极端轻蔑了的尊严，一个自尊的女人的尊严。终于，“葛列高利”又走出来了。

“嗨，我说你们想睡在这儿呀？”母亲不看他，不回答，望着远处的什么。

“给你们吧……”

“葛列高利”将我的小人书连同书包扔在我怀里。

母亲低声对我说：“数数。”语调很平静。

我数了一遍，告诉母亲：“缺 3 本《水浒》。”

母亲这才抬起头来，仰望着“葛列高利”，清清楚楚地说：“缺 3 本《水浒》。”

他笑了，从衣兜里掏出 3 本小人书扔给我，咕哝道：“哟嗬，还跟我来这一套……”

母亲终于拉着我起身，昂然走下台阶。

“站住！”

“葛列高利”以将军命令士兵般那种不容违抗的语气说：“等在这儿，没有我的允许不准离开！”

我惴惴地仰起脸望着母亲。“葛列高利”转身就走。他却是去拦截了一辆小汽车，对司机大声说：“把那个女人和孩子送回家去，要一直送到家门口！”

……

我买的第一本长篇小说是《青年近卫军》，一元多钱。母亲还从来没有一次给过我这么多钱。

我还从来没有向母亲一次要过这么多钱。

但我想有一本《青年近卫军》，想得整天失魂落魄、无精打采。

在自己对自己的怂恿之下，我到母亲的工厂向母亲要钱。母亲那一年被铁路工厂辞退了，为了每月 27 元的收入，又在一个街道小厂上班——一个加工棉胶鞋帮的作坊式的街道小厂。

那是我第一次到母亲为我们挣钱的那个地方。

空间非常低矮，低矮得使人感到心里压抑。不足200平方米的厂房，四壁潮湿颓败。七八十台破缝纫机一行行排列着，七八十个都不算年轻的女人忙碌在自己的缝纫机后。因为光线阴暗，每个女人头上方都吊着一只灯泡。正是酷暑炎夏，窗不能开，七八十个女人的身体和七八十只灯泡所散发的热量，使我感到犹如身在蒸笼。那些女人们热得只穿背心。有的背心肥大，有的背心瘦小，有的穿的还是男人的背心，暴露出相当一部分丰满或者干瘪的胸脯，千奇百怪。毡絮如同褐色的重雾，如同漫漫的雪花，在女人们、在母亲们之间纷纷扬扬地飘荡，而她们不得不一个个戴着口罩。女人们、母亲们的口罩上，都有3个实心的褐色的圆。那是因为她们的鼻孔和嘴的呼吸将口罩濡湿了，毡絮附着在上面。女人们、母亲们的头发、臂膀和背心也差不多都变成了褐色的、毛茸茸的褐色。我觉得自己恍如置身在山顶洞人时期的女人们、母亲们之间。

七八十台破缝纫机发出的噪声震耳欲聋。

我穿过一排排缝纫机，走到一个角落，看见一个极其瘦弱的女人，毛茸茸的褐色的脊背弯曲着，头凑近在缝纫机板上。周围几只灯泡的电热烤着我的脸。

“妈……”背直起来了，我的母亲。转过身来了，我的母亲。肮脏的毛茸茸的褐色的口罩上方，我熟悉的一双疲惫的眼睛吃惊地望着我，我的母亲的眼睛……

母亲大声问：“你来干什么?”

“我……”

“有事快说，别耽误妈干活!”

“我……要钱……”我本已不想说出“要钱”两字，可是竟说出来了!

“要钱干什么?”

“买书……”

“多少钱?”

“一元五角就行……”母亲掏衣兜。掏出一卷毛票，用指尖龟裂的手指点着。

旁边一个女人停止踏缝纫机，向母亲探过身，喊：“大姐，别给！没你这么当妈的！供他们吃，供他们穿，供他们上学，还供他们看闲书哇！”又对我喊：“你看你妈这是在怎么挣钱！你忍心朝你妈要钱买书哇！……”

母亲却已将钱塞在我手心里了，大声回答那个女人：“谁叫我们是当妈的啊！我挺高兴他爱看书的！”

母亲说完，立刻又坐了下去，立刻又弯曲了背，立刻又将头俯在缝纫机板上了，立刻又陷入手脚并用的机械忙碌状态……

那一天我第一次发现，我的母亲原来是那么瘦小，竟快是一个老女人了！那一刻我努力要回忆起一个年轻的母亲的形象，竟回忆不起母亲她何时年轻过。

那一天我第一次觉得我长大了，应该是一个大人了。并因自己15岁了才意识到自己应该是一个大人了而感到羞愧难当，无地自容。

我鼻子一酸，攥着钱跑了出去……

那天我用那一元五角钱给母亲买了一听水果罐头。

“你这孩子，谁叫你给我买水果罐头的?！不是你说买书，妈才舍得给你钱的嘛！”

那天母亲数落了我一顿。数落完我，又给我凑足了够买《青年近卫军》的钱……

我想我没有权利用那钱再买任何别的东西，无论为我自己还是为母亲。

从此我有了第一本长篇小说……

（摘自《读者》2005年第1期）

世 界

铁 凝

即使在梦里，年轻的母亲也知道要过年了。

即使在梦里，年轻的母亲也知道她应该在旅行袋里装什么了——都是些过年的东西，她将要与她的婴儿同行，去乡下的娘家团聚。

就这样，母亲怀抱着婴儿乘了一辆长途汽车，在她座位上方的行李架上，摆着她们母子鼓绷绷的行囊。车子驶出城市，载着满当当的旅客向广阔的平原飞驰。母亲从不记得长途汽车能开得如此快捷，使她好像正抱着她的婴儿擦着大地飞翔，她忽略了这超常的车速，也忽略了车窗外铅一样沉重的天空，只是不断抬头望望行李架，用眼光照应着它。那鼓绷绷的行囊里盛满了她的心意：有她为母亲亲手织成的毛衣；有她为父亲买的电手炉；有她给妹妹精心挑选的红呢外套；有她猜测着弟弟的心思选购的"巡洋舰"皮靴。还有她洗换的衣物，还有她的婴儿的"尿不湿"。

就这样，长途汽车载着母亲和婴儿一路飞驰，不想停歇似的飞驰。

许久许久，城市已被远远地抛在了后边，而乡村却还远远地不曾出现，铅样的天空锅似的闷住了大地和大地上这辆长途汽车，这么久的灰暗和憋闷终于使母亲心中轰地炸开一股惊惧。她想呼喊，就像大难临头一样地呼喊。她环顾四周，满车的旅客也正疑虑重重地相互观望，她喊叫了一声，却听不见自己的声音。她用力掐掐自己的手背，手背很疼。那么，她的声音到哪儿去了呢？她低头查看臂弯里的婴儿，婴儿对她微笑着。

婴儿的微笑使母亲稍稍定了神，但随即母亲便觉出一阵山崩地裂般的摇撼，她的眼前一片漆黑，她的头颅猛然撞在车窗玻璃上，玻璃无声地粉碎了，母亲和婴儿被抛出了车外。

母亲在无边的黑暗里叫喊。她听不见自己的声音，也无法移动自己的双脚。她知道她在呼喊“我的宝贝”，尽管婴儿就在她怀中，就被她紧紧地拥抱，她想要知道这世界发生了什么，她想要知道世界把她们母子驱赶到了什么地方。当一道闪电凌空划过，母亲才看见脚下的大地正默默地开裂。这是一种令人绝望的开裂，转瞬之间大地已经吞没了不远处母亲的长途汽车和那满车的旅客。这便是世界的末日吧。母亲低下头，麻木地对她的婴儿说。借着闪电，她看见婴儿对她微笑着。

只有婴儿能够在这样的时刻微笑吧，只有这样的婴儿的微笑能够使母亲生出超常的勇气。她开始奋力移动她的双脚，她也不再喊叫。婴儿的微笑恢复了她的理智，她知道她必须以沉默来一分一寸地节约她所剩余的全部力气。她终于奇迹般地从大地裂缝中攀登上来，她重新爬上了大地。天空渐渐亮了，母亲的双脚已是鲜血淋淋。她并不觉得疼痛，因为怀中的婴儿对她微笑着。

年轻的母亲怀抱着她的婴儿在破碎的大地上奔跑，旷野没有人烟，大地仍在微微地震颤。天空忽阴忽晴，忽明忽暗，母亲不知道自己已经奔跑了多少时间。这世界仿佛已不再拥有时间，母亲腕上的手表只剩下一张空白的表盘。空白的表盘使母亲绝望地哭了起来，空白的表盘使母亲觉出她再也没有力量拯救婴儿和她自己，她也无法再依赖这个世界，这个世界就要在缓慢而恒久的震颤中消失。母亲抬眼四望，苍穹之下她已一无所有。她把头埋在婴儿身上，开始无声地号啕。

婴儿依旧在母亲的怀中对着母亲微笑。

婴儿那持久的微笑令号啕的母亲诧异，这时她还感觉到他的一只小手正紧紧地很信任地拽住她的衣襟，就好比正牢牢地抓住整个世界。

婴儿的确抓住了整个世界，这世界便是他的母亲；婴儿的确可以对着母亲微笑，在他眼中，他的世界始终温暖、完好。

婴儿的小手和婴儿的微笑再一次征服了号啕的母亲，再一次收拾起她那已然崩溃的精神。她初次明白她并非一无所有，她有无比坚强的双臂，她还有热的眼泪和甜的乳汁。她必须让这个世界完整地存活下去，她必须把这世界的美好和蓬勃献给她的婴儿。

母亲怀抱着婴儿在疯狂的天地之间跋涉，任寒风刺骨，任风沙弥漫，她坦然地解开衣襟，让婴儿把她吸吮。

母亲怀抱着婴儿在无常的天地之间跋涉，任自己形容憔悴，任大雪覆盖了她的满头黑发。她衣衫褴褛，情绪昂扬地向着那个村子进发，那里有她的娘家，她们母子本是赶去过年的。

母亲曾经很久没有水喝，她便大口地吞咽着白雪；母亲曾经很久没有食物，她便以手作锹，挖掘野地里被农人遗漏的胡萝卜白萝卜。雪和萝卜化作的乳汁照旧清甜，婴儿在她的怀里微笑着。

天黑了又亮，天亮了又黑。当母亲终于看见了娘家的村子，村子已是一片瓦砾。在杳无人迹、寂静无比的瓦砾之中，单单地显露出一只苍老的伸向天空的手。老手僵硬已久，母亲却即刻认出了那就是她的母亲的手。母亲的母亲没有抓住世界，而怀中的婴儿始终死死抓住母亲那棉絮翻飞的衣襟，并且对着他的母亲微笑。

瘫坐在废墟上的母亲再一次站了起来，希望的信念再一次从绝望中升起。她要率领着她的婴儿逃离这废墟，即使千里万里，她也要返回她的城市，那里有她的家和她的丈夫。母亲在这时想起了丈夫。

母亲怀抱着婴儿重新上了路。冰雪顷刻间融入土地，没有水，也不再有食物。母亲的乳房渐渐地瘪下去，她开始撕扯身上破碎的棉袄，她开始咀嚼袄中的棉絮，乳汁点点滴滴又涌了出来，婴儿在母亲的怀中对她微笑。

年轻的母亲从睡梦中醒来，娇惯她爱她的丈夫为她端来一杯热腾腾的牛奶，母亲推开牛奶跃下床去问候她的婴儿，婴儿躺在淡蓝色的摇篮里对着母亲微笑。地板上，就放着她们那只鼓绷绷的行囊。

母亲转过头来对丈夫说，知道世界在哪儿吗？

丈夫茫然地看着她。

世界就在这儿。母亲指着摇篮里微笑的婴儿。

母亲又问丈夫，知道谁是世界吗？

丈夫更加茫然。

母亲走到洒满阳光的窗前，看着窗外晶莹的新雪说，世界就是我。

年轻的母亲再没言语，内心充满深深的感激。因为她忽然发现，梦境本来就是现实之一种啊。没有这场噩梦，她和她的婴儿又怎能拥有那一夜悲壮坚忍的征程？没有这场噩梦，她和她的婴儿又怎能有力量把世界紧紧拥在彼此的怀中？

（摘自《读者》2004 年第 10 期）

家

史铁生

宇宙无边，地球广阔，时有风雨袭来，烈日暴晒，故不得不寻一有限之地，立以四壁，覆以顶盖，日落避于其中，日出游乎其外，这就是家吗？也可能是旅馆。备好丰足的衣食，装上成套的电器，窗外四季更迭，室内全无寒暑；排布开精美的家具，点缀些字画、古董，或再有高朋满座，窗外月黑风高，室内其乐融融，这就是家了吗？仍可能是饭店。

把家打扮成饭店、旅馆，像是从贫穷走向富裕的一个必经阶段，艳羡的眼睛已然睁开，审美的心情尚无归处。陈村曾跟我说：你要装修吗？记住，只为方便自己，勿图偶尔一来的客人叫好。又听人讲起一对富裕了的夫妻，满打满算两口人，却偏要买下二百多平方米的豪居，初时客人不断，来道喜，来恭维，时间一久谁还老来呢？于是一到周末两口子就慌，恐豪居闲置，便东一个电话西一个电话地求人来："来吧来吧，一切都预备好了！"岂不是饭店吗？且有一男一女两位侍者。

谁会在家门前挂一排霓虹灯呢？家有家的语言，比如一张老床，默然说着一个家族的历史。比如所有的家具都不配套，形色不一，风格各异，便可回忆起历历如新的诸多往事。比如一个谈不上多么美妙的小器物，别人不理会，只你和你的家人知道它所负含的纪念，视为不可亵玩的圣物。家是模仿不来的，一模仿就又是饭店，就又是“宾至如归”。家，一俟你走向它，便会听见它的召唤；一俟你走到它近前，便会闻出它的气息；你一推开家门，心里便会有一个声音：“噢，家！我回来了。”家说：“喂，你还好吗？”你就甩掉鞋帽，甩掉衣裳，甩掉你在外面的世界里不得不钻入其中的那一套行头，露出原形（不单指身体）——这也是一种语言，是你对家的报答，是对它由衷的信任和感激。

即便单身，也得有家，不能总去街上乱走；即便用不着起火落灶，你总也得有一处安魂入梦的地方。家其实不限于空间，家更是一种时光，一种油然而生的心绪。此时此地与此心，可以清理你的秘密，不拘一格地思想，想入非非。正如你可以随意躺倒，肆意欢叫，不必再让微笑堆痛你的脸。你可以独享你的心情，独享你的智慧和想象，因而家又忽然地可以穿透四壁，山高水长，无边无际地扩展。

单有精美的家具堆在身边，你担不担心这儿可能是家具店？单有价值连城的古董摆在四周，你怀不怀疑这儿可能是博物馆？就比如一群妖艳女子整天伴你左右，你怕不怕这儿会是红灯区？家，正是要消除你的这类恐惧。

家徒四壁也依然是容纳你的躯体又放纵你的心情的地方，是陪伴你的欢乐又收容你的痛苦的地方。设若只你一人，有些孤独，你不妨扭亮台灯，翻开书，踏踏实实地听一回先哲的教诲，那一刻便也是回家的感觉。或不妨铺开纸，随心所欲，给一位心仪已久的人写封信，于是乎某一条邮路上便都是家的消息。这其实就是写作了，写作就是写给心仪已久的人呀，尽管你不知道他们是谁，位于空间的何处。

竞争是件好事，否则人间不免寂寞。但为什么一定要比着豪华呢？不可以比着简朴吗？享受更是无可非议，但是，人终于能够享受的只是心情和智慧，借助倾诉与倾听。所以，就祝愿所有的家都至少有两个人，相知相爱的两个人。一个电话又一个电话地为那空旷的豪居呼救，冤哪！

（摘自《读者》2004 年第 9 期）

买一张火车票去看母亲

高建群

买一张火车票，我到小城去看母亲。我曾经在一篇文章中说，等我什么时间有了空闲了，我要做的第一件事情，就是去陪母亲住一段时间，吃她做的饭，跟她拉家常，捧起一本书读给她听。这文章写了几年了，可是我始终是一个忙人，无暇脱身。前几天，站在城市的阳台上，怅然地望着北方，我突然明白了，忙碌的人生是永远不会有空闲的。你要去看母亲，你就把手头的所有事撂下，硬着心肠走，你走的这一段时间就叫“空闲”。这样，我买了一张火车票，去小城。

卧铺票没有了，我于是买了张硬座票。我对自己说，等上了火车再补。可是等上了火车以后，我只是轻描淡写地问了列车员两句，并没有认真地去补。这时候我明白了，买票的时候，我是在欺骗自己：我是生怕自己突然改变主意，于是先把票买上，叫自己再不能回头，至于到时候补不补票，我并没有认真地去想。

火车轰隆轰隆地开着，开往山里。这条单行线的终点站就是小城。母亲就在小城居住。火车要运行一个夜晚，从晚上到早晨。火车要穿过一百零八个山洞，这是这条支线当年修通时，我第一次经过时，一个个数的。我坐在火车上，毫无倦意，脸上挂着一种善良的微笑。因为这是看母亲，因为在铁路线的另一头，有一个我生命中最重要的人物之一在等着我。

陶渊明是在四十一岁头上，写出那篇著名的《桃花源记》的。神州大地，何处是这桃花源？历朝历代，都有人在做琐碎考证。然而，一个美国心理学家在将这篇奇文输入电脑程序，一番研究之后，却得出一个石破天惊的结论。这结论说，这桃花源说的是母体，这《桃花源记》表现了一种人类渴望回归母体的愿望。当人类在这个为饥饿而忧，为寒冷而忧，为无尽的烦恼而忧的世界上进行着生存斗争，他有一天会问自己，在自己的一生中，曾经有过那无忧无虑阳光明媚的时光吗？后来他说，有的，那是在娘肚子那十月怀胎的日子。

坐在火车上，在我的善良的微笑中，我突然想起陶渊明的《桃花源记》这些事。我的微笑很像母亲，记得有一年我陪着母亲在小城的街道上行走时，一位同事立即认出我们是母子，“你们有一样的微笑”，他说。此刻我想，在母亲那十月怀胎的日子里，她的脸上也一定时时挂着我此刻的这种微笑。我曾经写过一篇文章，剖析过那雨中的洋芋花微笑的原因，按照老百姓的说法，这是一种母瘾行为。洋芋花在微笑的同时，它的根部开始坐下果实。

我今年四十六岁，比陶渊明写《桃花源记》时大五岁。我也是从四十岁头上，突然开始恋家的。是不是人步入这个年龄段以后，都会突然产生这种想法，我不知道。我这里说的“这种想法”，直白一点说，就是渴望回归母体，渴望在那里获得片刻的安宁，渴望在那里歇一歇自己旅程疲惫的身子，是这样吗？我不知道！不光我不知道，我想当年陶渊明写他的《桃花源记》时，大约也不知道，自己的潜意识中，会有那么古怪的想法。

在经过十个小时的乏味旅程，在穿过一百零八个洞之后，火车终于一声长鸣，到达了小城。出站后，我迅速地搭乘一辆出租车，向母亲居住的地方飞驰而去。后来，我来到家门口，白发苍苍的母亲，还有几位邻居的老太婆，站在家门口等我。邻居的老太婆对我说，母亲知道我要回来，天不明，她就在门口等我了。

母亲是河南扶沟人，黄河花园口决口的遭灾者。遭灾后，他们全家随难民逃到陕西的黄龙山。后来，他们全家死于克山病，只母亲一人侥幸逃脱。逃脱后，七岁的她给父亲做了童养媳。我母亲十四岁时完婚，十六岁时生下我的姐姐，十八岁时生下我，二十岁时生下我的弟弟。我的父亲于七年前去世，如今这家中，只母亲一个人居住。

我已经有一年多没见母亲了，在母亲的家中，我幸福地生活了一个礼拜。我说我有胆结石，一位江湖医生说，多吃猪蹄，可以稀释胆汁，排泄积石，我这话是随意说的。谁知母亲听了，悄悄地跑到市场，买了五个猪蹄，每天早晨我还睡觉时，母亲就热好一个，我一睁开眼睛，她就将猪蹄端到我跟前。母亲养了许多的花。花盆摆了半个院子。这花盆里还长着些朝天椒。我说，这朝天椒如果和青西红柿切在一起，又辣又酸肯定好吃。这句话刚一说完母亲又不知从哪里，弄来几个青西红柿，从此我每顿饭的桌上，都有这么一小碟生菜。

谁言寸草心，报得三春晖。在这一个礼拜中，我收敛自己的种种人生欲望，坐在家里陪着母亲。小城的朋友们听说我回来了，纷纷请我吃饭，我说饶了我吧，我这次回来只有一件事，就是陪母亲。

母亲不识字。记得我曾经在一篇文章中说，等有一天，我有了余暇，我要坐在母亲跟前，将那些世界上最好的书读给她听，我说，那时我读的第一篇小说，也许是普希金的《驿站长》，而此刻，我就这样做了。《驿站长》中那个二百年前的俄国人物悲惨的命运，此刻成为这对小城母与子之间的话题。

一个礼拜到了，我得走，世界上还有那么多的人生俗务在等着我。听说我去买票，母亲的神色立即暗淡了下来。她下意识地拽住我的衣角。这一拽，令我想起《西游记》中白龙马眼里含着哀求，用嘴噙住猪八戒衣襟时的情景。我对母亲说，等我的大房子分下以后，她来我那里住。母亲含糊地应了一句。

我还说，父亲已经去世。脚下纵有千条路，但是没有一条能通向那里，因此我纵然有心，也是无法去探望的；不过母亲还健在，我是会时时记着她，时时探望的。

“热爱自己的母亲吧，朋友！这是一个失去母亲三十年的人在对你说话！”这段话，是一个叫卡里姆的作家在他的《漫长漫长的童年》中说过的话。此刻，在我就要结束这篇短文，在我就要离开小城的时候，这段话像风一样突然飘入我的记忆中。由这句话延伸开去，最后我想说的是，亲爱的读者，如果你也有母亲，那么你不妨抽暇去看一看，世界并不因你离开位置的这段日子而乱了秩序，而你会发现，这段日子你做了一件多么重要的事情。

（摘自《读者》2001 年第 1 期）

奖

杏林子

生病之后，我辍学在家，身体上的病痛固然难以忍受，而更让人难以面对的是那种有如被众人遗弃的感觉。原本为参加初中联考而忙得如拉紧的弓，集中全力蓄势待发，突然之间，你被取消了参赛资格，赶出了竞赛场，你只有躲在无人注意的角落，冷眼旁观，那些紧张、那些热闹、那些欢呼都已远去，那个世界完全将你摒弃在外。

生活中有一些东西不一定是你所喜悦的，然而一旦被迫割舍，那种委屈、那种不甘、那种顿失所依的措手不及，就像一颗被推离正常轨道的星球，飘浮在茫然无垠的太空，没有重心，也没有方向。

每天，我看着弟弟妹妹出门上学，我看着一批批年轻学子自门前走过，我不知道我要做什么，甚至，连期望也没有，连等待也没有。因为你根本不知道要期望什么，等待什么。

其实，我比父母更早了解自己的病已经“无药可救”，只可怜天下父母心犹自在那里做无谓的挣扎，我只是无可无不可地赶着一场又一场与医生的“约会”。有很长一段时间，我必须一个人搭乘火车，再转搭公车，才能抵达医生的诊所。那条路好长，好孤单，看不到过去，也看不到未来。

忘记是哪一天，父亲走到我房里，握着我的手，望着我说：“乖，你不要怕，爸爸会养你一辈子，等你长大了，爸爸会为你招一个女婿！”

那一刹那，我突然明白父母所受的惊吓与慌乱甚于我，其中还掺杂负疚的成分。很多年后，父亲无意中透露，在我初病的那几年，他常常梦到祖母及外婆的指责，父亲用这样一种保证安慰我，毋宁是安慰他自己。

父亲一定没想到，他的话深深扎伤了我，莫非连父亲也对我不再抱任何的期望？5个小孩中，父亲爱我最深，我是属于“小时了了”的人物，智慧开悟得早，加上伶牙俐齿、反应灵敏，人前人后都带给父亲极大的喜悦和满足感。

难道说，仅仅一场病，父亲就认定我这一生一无是处，需要他养一辈子，甚至在他年老之后，再找一个男人接手来养我？这才是让我伤痛的真正原因。

我第一次结结实实地面对自己，不想父亲给我的刺激竟然成了突破困境的契机。蛹能脱困于茧，自有一番天地供它翩翩。

就这样，我为自己走出了一条路。1978年，第七届十大杰出女青年选拔时，一位曾经得过此奖的朋友立意要推荐我，我却执意不肯。原因是家中除父亲之外，无人看重这种事，母亲尤其讨厌我们没事炫耀、乱出风头，弟弟妹妹则拿我穷开心说：“怎么，你要去竞选十大女歌星吗？”

因此，尽管朋友把我的推荐书寄了过去，无论如何我也不肯送上资料，这件事就不了了之。

原本我们是瞒着父亲的，终究还是不小心漏了口风，父亲起始大惊，虽然没有责怪我，却明显地看出他的失望。父亲的反应也让我吃了一惊，我第一次发现原来他是这样看重这个奖，可惜我轻易放弃了，我对父亲有说不出的愧疚。

没想到两年后，第八届十大杰出女青年开始选拔时，我突然收到选拔会寄来的一封公函，大意是说，上届有人推荐我，但我未曾寄资料，而他们仍为我保留候选人资格，希望我尽快补送……这几乎是从未有过的事，也几乎是不可能的事，从来只听说每届的候选人如过江之鲫，要做大幅度的筛选，没听说还保留名额的，正因为如此的不寻常，我开始正视这件事，莫非冥冥中自有上帝的“旨意”？再加上父亲不经意流露出来的殷殷期盼，若能得奖，对老父也是一种安慰。

我和妹妹把所有的作品合力整理出来，父亲以他多年案牍的经验，亲自教导我一一分类、贴上标签、编排索引，整整装满一大纸箱。他甚至担心邮政失误，坚持亲自将资料送至选拔会。社区山路难行，箱子既重且大，无法背也无法提，只有捧在手上，而父亲已年届70，但他一点也不以为苦，喜滋滋地说：“为女儿服务，是爸爸的光荣！”

名单揭晓后，父亲简直可以用“欣喜若狂”四个字形容，一大清早就跑到台北买报纸，他对报贩子说：“你把所有的报纸，每种都给我一份！”

这以后，我又陆陆续续得了一些奖。每次，他都把报道我的新闻看了又看，把我得奖的照片压在他办公桌的玻璃板下。举凡向他道贺的亲朋好友，他都要滔滔不绝地复述一遍我的“奋斗史”及得奖经过。

糟糕的是得奖后遗症。在往后的10年间，父亲不论是到邮局寄信，商店买东西，或是到户政单位办事，回来后一定会对母亲津津乐道：“人家都说，我的女儿好了不起哟！”

“奇怪，人家怎么知道你的女儿是刘侠？”母亲不解地问。

父亲只笑不语，母亲恍然大悟：“一定是你自己到处张扬的，对不对？”

“当然！”父亲一副理所当然的样子。

更糟糕的是父亲几乎患了“得奖症候群”，某某大学颁给别人一个荣誉博士，父亲竟会酸溜溜地说：“我女儿比他更有资格获得这项荣誉……”

总之，不论别人得了什么奖，好像都应该有我一份。好在家里还有一位冷静、理性，视名利如“粪土”，经常把我的奖牌拿去垫锅底的母亲，总算平衡了父亲的“狂热”，没叫我也迷失在其中。

1990 年底，我带领残障团体赴大陆访问，会后顺便陪母亲回西安省亲。行前当天，突然接到吴三连文教基金会的电话，主动甄选我为当届社会服务奖的得奖人，颁奖典礼正好在我预定回台的那一天。由于深恐无法及时赶回，我特地要父亲代我领奖。事后，据朋友形容，当司仪叫到我的名字，只见父亲快步冲上台，兴奋难抑地“标榜”自己的女儿，惹来台下一片笑声。

只不过，这股兴奋的情绪只持续了短短几个月，父亲就匆匆走了。父亲过世之后，任何奖对我都已失去意义，因为，这个世界上再也找不到我得奖与否那样在意期盼，并且能与我一起分享荣誉、分享快乐的人了。

前些天，社区一位邻居告诉我，父亲曾对他说：“我这个女儿虽然只有小学毕业，可是比起其他得博士的儿女还要让我引以为傲!”

我多么想大声告诉父亲：“爸爸，我所有的奖都是为您得的啊!”

（摘自《读者》2001 第 3 期）

龙眼与伞

迟子建

大兴安岭的春雪，比冬天的雪要姿容灿烂。雪花仿佛沾染了春意，朵大，疏朗。它们洋洋洒洒地飞舞在天地间，犹如畅饮了琼浆，轻盈，娇媚。

我是喜欢看春雪的，这种雪下的时间不会很长，也就两三个小时。站在窗前，等于是看老天上演的一部宽银幕的黑白电影。山、树、房屋和行走的人，在雪花中影影绰绰，气象苍茫而温暖，令人回味。

去年，我在故乡写作长篇《额尔古纳河右岸》。四月中旬的一个下午，我正写得如醉如痴，电话响了，是妈妈打来的，她说：“我就在你楼下，下雪了，我来给你送伞，今天早点回家吃饭吧。”

没有比写到亢奋处受到打扰更让人不快的了。我懊恼地对妈妈说：“雪有什么可怕的，我用不着伞，你回去吧，我再写一会儿。”妈妈说：“我看雪中还夹着雨，怕把你淋湿，你就下来吧！”我终于忍耐不住了，冲妈妈无理地说：“你也是，来之前怎么不打个电话，问问我需不需要伞！我不要伞，你回去吧！”

我挂断了电话。听筒里的声音消逝的一瞬，我意识到自己犯了最不可饶恕的错误！我跑到阳台，看见飞雪中的母亲撑着一把天蓝色的伞，微弓着背，缓缓地朝回走。她的腋下夹着一把绿伞，那是为我准备的啊。我想喊住她，但羞愧使我张不开口，我只是默默地看着她渐行渐远。

也许是太沉浸在小说中了，我竟然对春雪的降临毫无知觉。从地上的积雪看得出来，它来了有一两个小时了。确如妈妈所言，雪中夹杂着丝丝细雨，好像残冬流下的几行清泪。做母亲的，怕的就是这样的“泪”会淋湿她的女儿啊，而我却粗暴地践踏了这份慈爱！

从阳台回到书房后，我将电脑关闭，站在南窗前。窗外是连绵的山峦，雪花使远山隐遁了踪迹，近处的山也都模模糊糊，如海市蜃楼。山下没有行人，更看不到鸟儿的踪影。这个现实的世界因为一场春雪的造访，而有了虚构的意味。看来老天也在挥洒笔墨，书写世态人情。我想它今天捕捉到的最辛酸的一幕，就是母亲夹着伞离去的情景。

雪停了，黄昏了，我锁上门，下楼，回妈妈那里。做了错事的孩子最怕回家，我也一样。朝妈妈家走去的时候，我觉得心慌气短。妈妈分明哭过，她的眼睛红肿着。我向她道歉，说我错了，请她不要伤心了，她背过身去，又抹眼泪了。我知道自己深深伤害了她。我虽然四十多岁了，在她面前，却依然是个任性的孩子。

母亲看我真的是一副悔过的表情，便在晚餐桌上，用一句数落的话原谅了我。她说：“以后你再写东西时，我可不去惹你！”

《额尔古纳河右岸》初稿完成后，我来到了青岛，为这部长篇做修改。那正是风和日暖的五月天。有一天午后，青岛海洋大学文学院的刘世文老师来看我，我们坐在一起聊天。她对我说，她这一生，最大的伤痛就是儿子的离世。刘老师的爱人从事科考工作，长年在南极，而刘老师在青岛工作。他们工作忙，所以孩子自幼就跟着爷爷奶奶在沈阳生活。十几年前，她的孩子从沈阳一个游乐园的高空意外坠落身亡。事故发生后，沈阳的亲属给刘老师打电话，说她的孩子生病了，想妈妈，让她回去一趟。刘老师说，她有一种不祥的预感，觉得儿子可能已经不在了，否则，家人不会这么急着让她回去。刘老师说她坐上开往沈阳的火车后，脑子里全都是儿子的影子，他的笑脸，他说话的声音，他喊“妈妈”时的样子。她黯然神伤的样子引起了别人的同情，有个南方籍旅客抓了几颗龙眼给她。刘老师说，那个年代，龙眼在北方是稀罕的水果，她没吃过，她想儿子一定也没吃过。她没舍得吃一颗龙眼，而是一路把它们攥在掌心，想着带给儿子。

那个时刻，我的眼前蓦然闪现出春雪中妈妈为我送伞的情景。母爱就像伞，把阴晦留给自己，而把晴朗留给儿女；母爱也像那一颗颗龙眼，不管表皮多么干涩，内里总是深藏着甘甜的汁液。

（摘自《读者》2014 年第 2 期）

雪

蒋 勋

雪落下来了，纷纷乱乱，错错落落，好像暮春时分漫天飞舞的花瓣，非常轻，一点点风，就随着飞扬回旋，在空中聚散离合。

每年冬天都来 V 城看母亲，却从没遇到这么大的雪。

在南方亚热带的岛屿长大的我，生活里完全没有见过雪。小时候喜欢搜集西洋圣诞节的卡片，上面常有白皑皑的雪景。一群鹿拉着雪橇，在雪地上奔跑。精致一点的，甚至在卡片上洒了一层玻璃细粉，晶莹闪烁，更增加了我对美丽雪景的幻想。

母亲是地道的北方人，在寒冷的北方住了半辈子。和她提起雪景，她却没有很好的评价。她拉起裤管，指着小腿近足踝处一个小铜钱般的疤，对我说："这就是小时候生冻疮留下的。雪里走路，可不好受。"

中学时为了看雪，我参加了合欢山的滑雪冬训活动。在山上住了一个星期，各种滑雪技巧都学了，可是等不到雪。别说是雪，连霜都没有，每天艳阳高照。我们就穿着雪鞋，在绿油油的草地上滑来滑去，摆出各种滑雪的姿势。

大学时，有一年冬天，北方的冷空气来了，气温陡降。新闻报道台北近郊竹子湖附近的山上飘雪。那天教秦汉史的傅老师，也是北方人，谈起了雪，大概勾起了他的乡愁吧，便怂恿大伙儿一起上山赏雪。

学生当然雀跃响应，于是便停了一课，师生步行上山去寻雪。

还没到竹子湖，半山腰上，四面八方都是人，山路早已拥塞不通。一堆堆的游客，戴着毡帽，围了围巾，穿起羽绒衣，彼此笑闹推挤，比台北市中心还热闹嘈杂，好像过年一样。

天上灰云密布，有点要降雪的样子。再往山上走，山风很大，呼啸着，但仍看不见雪。偶然飘下来一点像精制盐一样的细粉，大家就伸手去接，惊叫欢呼："雪！雪！"赶紧把手伸给别人看，但是凑到眼前，什么都没有了。

没有想到真正的雪是这样下的。一连下了几个小时不停，像撕碎的鹅毛，像扯散的棉絮，像久远梦里的一次落花，无边无际，无休无止。这样富丽繁华，又这样朴素沉静。

母亲因患糖尿病，一星期洗 3 次肾。我去 V 城看她的次数也愈来愈多。洗肾回来，睡了一觉，不知被什么惊醒，母亲有些怀疑地问我：

"下雪了吗？"

我说："是。"

扶她从床上坐起，我问她："要看吗？"

她点点头。

母亲的头发全灰白了，剪得很短，干干地贴在头上，像一蓬沾了雪的枯草。

我扶她坐上轮椅，替她围了条毯子。把轮椅推到客厅的窗前，拉开窗帘，外面的雪下得更大了。刹那，树枝上、草地上、屋顶上，都积了厚厚的雪。只有马路上的雪，被车子轧过，印下黑黑的车辙，其他的地方都成白色。很纯粹洁净的白。雪使一切复杂的物象统一在单纯的白色里。

地上的雪积厚了，行人走路都特别小心。一个人独自一路走去，路上就留着长长的脚印，渐行渐远。

雪继续下，脚印慢慢被新雪覆盖，什么也看不出了。只有我一直凝视，知道曾经有人走过。

“好看吗？”

我靠在轮椅旁，指给母亲看繁花一样的雪漫天飞扬。

母亲没有回答。她睡着了。她的头低垂到胸前，裹在厚厚的红色毛毯里，看起来像沉湎在童年的梦里。

没有什么能吵醒她，没有什么能惊扰她，她好像一心在听自己故乡落雪的声音。

有一群海鸥和乌鸦聒噪着，为了争食被车轧过的雪地上的鼠尸，扑扇着翅膀，一面锐声厉叫，一面乘隙叼食地上的尸肉。雪，沉静在地面上的雪，被它们扑扇着的翅膀惊动，飞扬起来。雪这么轻，一点点风，一点点不安骚动，就纷乱了起来。

“啊……”

母亲在睡梦中长长叹了一声。她的额头、眉眼四周、嘴角、两颊、下巴、颈项各处，都是皱纹，像雪地上的辙痕，一道一道，一条一条，许多被惊扰的痕迹。

大雪持续了一整天。地上的雪堆得有半尺高了。小树丛的顶端也顶着一堆雪，像蘑菇的帽子。

被车轮轧过的雪结了冰，路上很滑，开车的人很小心，车子无声滑过。白色的雪掺杂着黑色的泥，也不再纯白洁净了，看起来有一点邋遢。路上的行人怕摔跤，走路也特别谨慎，每一步都踏得稳重。

入夜以后，雪还在落，我扶母亲上床睡了。临睡前她叮咛我：“床头留一盏灯，不要关。”

我独自靠在窗边看雪。客厅的灯都熄了，只有母亲卧室床头一点幽微遥远的光，反映在玻璃上。室外因此显得很亮，白花花、澄净的雪，好像明亮的月光。

没有想到在下雪的夜晚户外是这么明亮的。看起来像宋人画的雪景。宋人画雪不常用锌白、铅粉这些颜料，只是把背景用墨衬黑，一层层渲染，留出山头的白、树梢的白，甚至花蕾上的白。

白，到了是空白。白，就仿佛不再是色彩，不再是实体的存在。

白，变成一种心境，一种看尽繁华之后生命终极的领悟。

唐人张若虚，看江水，看月光，看空中飞霜飘落，看沙渚上的鸥鸟，看到最后，都只是白，都只是空白。他说："空里流霜不觉飞，汀上白沙看不见。"

白，是看不见的，只能是一种领悟。

远处街角有一盏路灯，照着雪花飞扬，像舞台上特别打的灯光。

雪在光里迷离纷飞，像清明时节山间祭拜亲人烧剩的纸灰，纷纷扬扬；又像千万只刚刚孵化的白蝴蝶，漫天飞舞。

远远听到母亲熟睡时缓慢悠长的鼻息，像一片一片雪花，轻轻沉落到地上。

（摘自《读者》2013 年第 7 期）

一夜长大

叶倾城

把父亲从医院接出来之后，他经常在傍晚时，推着父亲的轮椅去附近的小公园散步。那里有一泓湖泊，他不时停下来替父亲擦擦嘴边的涎水，温言细语："冷不冷？要不要喝水？"天气正渐渐冷起来，湖面上的黑鸭子一只一只飞走，父亲指着鸭子激动地"啊啊"叫，他耐心地和着："嗯，鸭子鸭子，鸭子飞了。"

来探病的朋友吃了一惊："你像一夜之间长大了。"

他也没想过会这样。他在家里赖到二十八九岁，日子过得生机勃勃：也恋爱也上班也交友，动不动还和父母吵架——不吵不行呀。父亲节俭，保鲜膜用过再用，一揭开，西瓜上全是鱼腥气；又天真，看到电视上"只要888元"的广告，就打算打电话，被他一顿臭骂，讪讪地又咳嗽又揉鼻子；这么大了，父亲仍然会没事翻他的抽屉，他没好气地吼过去："翻什么翻？非翻出安全套才甘心呀？"有一天，正吃着饭，突然间，父亲的筷子直抖，菜哗哗撒了半桌子。他正不耐烦，抬头却看见父亲口角歪斜，缓缓倒了下去。

天崩地裂。日子一下子变成：ICU、缴费单、陪床……还要挣扎着去上班。

由不得他想什么，要给父亲擦身，要洗大小便。开始是买成人失禁品，眼看要生褥疮，于是家里的旧床单全成了尿布。每天带回家洗，洗衣机轰轰不休，他倒头就能睡着；洗衣机一停，他“霍”地站起来晾尿布，挂出去好几米，迎风招展。

洁癖不治而愈，曾经文艺青年的小矫情，不知几时会卷土重来，但至少现在，他是一个在任何环境下都能狼吞虎咽、见任何床都能呼呼睡着的人。

父亲渐渐醒了，却没法理解自己为什么被困在一张陌生的床上，认定这是一场阴谋，忍不住要对周围的假想敌们拳打脚踢。他笑嘻嘻地打不还手、好言好语。人一出生，就是不会言语，全靠哭泣和身体语言；人之将亡，也是一样的路程。他认了。这是一笔古老的、20多年的债务，他得还。

突然没有拖延症了。以前到公司，先开QQ、淘宝、微博……再打开工作文档，现在他对领导千恩万谢：这年头，能容下一个家里有病号的年轻人频频请假，容易吗？就在病房的走廊上，他全心工作，不时看一眼吊瓶。难得入睡的父亲像校戒尺，强迫他静心。曾经天天抱怨“没有整块时间”，现在时间零散到以分钟计，他倒觉得绰绰有余了。

也不再是暴躁的愣头青了。医护人员有时说话很冲：“你懂你上呀。”“医学不是万能的。”他恨得握紧拳头。一意识到，惊出一身汗，赶紧一根手指一根手指轻轻地放松：热血青年的不管不顾，是要由长辈来买单的。他能为了逞一时之勇带父亲转投另一家医院？更何况，他明白医生说的并没错。他的愤怒，不针对任何人，只缘于自己的无能为力，只缘于那种叫天不应、叫地不语的烦躁。

父亲这一场病，拖了一年多，他始终身兼多职，还偷空见过几个天使投资人，谈了他多年的创业梦。父亲状态平稳后，他去递辞职信——再不开始，梦便永远是梦。他不想“子欲养而亲不待”，也不想“徒有梦而身不由己”。

上司拍拍他的肩膀：“我看好你，孝顺的人，无事不成。”孝顺这个词，又熟悉又古怪，第一次放在他身上，他很不好意思，于是认认真真想：什么是孝顺。

原来孝顺不仅仅是儿女对父母的爱、依赖与安全感，还是把爱化为具体，是不论多疲倦还是要站直，让老去的父母有个依靠；是不计前因后果的付出，不能回避、不能逃避的责任。不能大喊一声“老子不干了”就撂挑子，你做的每个决定，都是父母晚年的一滴水、一粒米，也是你毕生的心安。

这还是一种人力的无可奈何：无论做了多少，到最后，一定是一场空。父母只会越来越老，步入死亡，所有的钱、时间、心力，都是扔到黑洞里去。但这是写在血里的承诺，是人类世代相传的根基。

而他说：也许，我得到的更多。

（摘自《读者》2015 年第 9 期）

为你，我说过多少颠三倒四的话

张丽钧

儿子突然对我说："妈妈，你跟我说的好多话，听起来都是自相矛盾的。"

我愣了一下。是这样吗？怎么会是这样？

嗯，好好想一想，为你，我究竟说过多少自相矛盾的话。

我说："你要多吃一些啊！"我又说："你可别吃得太多啊！"总希望让你吃遍世上珍馐，又担心你不懂得节制，吃坏了身形吃坏了胃。出差的时候，习惯带一些当地小吃回来，哪怕你在万里之外，哪怕你半年之后才能回家，也要放在冰箱里，等你回来吃；而当你父亲不断地往你碗里放红烧肉时，我竟会抢过来一些，埋怨道："别给他那么多！"

我说："你要快点走啊，千万别迟到！"我又说："别走太快，路上注意安全！"希望你永远不是那个在安静的教室外面嗫嚅着喊"报告"的孩子，希望你无论与谁相约都永远先一步到达。但是，一旦你从我的视野消失，我就开始用种种可怕的虚拟场景吓唬自己，担心你遇到不长眼的司机乱开车，担心你只顾埋头赶路没注意到前面的一道沟坎。我派自己的心追踪你，告诉你："孩子，别急，慢慢走。"

我说："你一定要做完了各科作业再睡！"我又说："别熬得太晚，早点休息吧。"我多么怕你把学习当成儿戏，我多么怕你成为一个不争气的孩子啊！面对"抄写课文 8 遍"这样的"脑残作业"，我想说："去他的，别做了！"但话到嘴边变成了"抄 8 遍就抄 8 遍吧"这样没心肝的话。我好害怕你在抗议中滋生出对知识的轻慢与不恭，所以，我宁愿选择暂时站在谬误的一边，看你平静地完成一份份"脑残作业"。在大考将至的日子里，你埋头题海，懂事地克扣自己的睡眠。你知道吗？当我说"孩子，睡吧"时，我心里却盼着你回答"妈妈，我再学一会儿"。

我说："衣服嘛，没必要太讲究，能遮羞避寒就可以了。"我又说："买衣服，别将就，好衣服能带来好心情。"我读大三那年，曾经被一条骄矜地挂在宣化人民商场的天价咖啡色裤子折磨得寝食不安，我好怕那样的不安也会来折磨你。我说："没出息的人才会甘当衣服的奴隶。"可是，当我看到你捡大哥哥的旧衣服穿也欢天喜地时，又忍不住为你委屈起来。当你在异地求学时，我嘱咐你要学会逛服装店，为自己挑几件像样的应季服装。不料，你竟学着我的腔调说："没出息的人才会甘当衣服的奴隶。"

我说："你千万不要早恋！"我又说："遇到好女孩就该勇于向她示好。"我一遍遍教导你：人生，一定要遵从"要事第一"的原则，人生的每个阶段都只能有一首"主题歌"。所以，在你读高中的日子里，我近乎神经质地提防着每一个和你接近的女孩，当她们打来电话时，我会很没教养地劈头就是一句："你叫什么名字？"后来，你赌气般的不再跟任何女孩交往了，我又开始担心你辜负了上苍的苦心赐予。我发短信告诉你："记得本妈妈曾告诫你，不要在一朵花前过久停留。现在，本妈妈要隆重补充，特别卓越的花朵除外！"

我说："孩子，你能飞多远就飞多远吧！"我又说："还有什么比一家人生活在一起更重要的呢？"我曾嘲笑一个接了母亲班的女孩，说她们母女在单位的公共浴室里互相搓背的画面简直是一道独特的凡间风景。我愿意看你远走高飞，不愿意让你始终窝在这座你出生的城市里。但当你独自沐浴了6载欧罗巴的阳光，当你如愿以偿地拥有了一顶博士帽，我却频频梦见你回家，在梦里，我清清楚楚地听见你说："妈妈，我已厌倦漂泊。"我也清清楚楚地听见自己说："孩子，回来吧，回来了我带你去吃涮羊肉！"

……

不曾被矛盾重重的想法折磨过的心，不是母亲的心。因为爱得太深，所以才会昧，才会惑，才会颠三倒四，才会出尔反尔。孩子，你可知道，当你走得太快，我祈盼着用爱截住你；当你走得太慢，我祈盼着用爱驱赶你。所以，无论我说过多少自相矛盾的话，无论这些话让你觉得多么无所适从，我都希望你懂得我说这些话的出发点与归宿。

（摘自《读者》2013年第3期）

向日葵

尤　今

到伦敦度假，住在女儿的公寓里。

那天，约好在她下班后共进晚餐，做事有条不紊的女儿体恤地说道："餐馆坐落于九曲十八弯的窄巷里，不太好找，你们就在餐馆附近的小公园等我吧！"

早上出门时，气温微凉，我穿了一袭宽松的棉质衣裙，没带外套。天色愈暗，气温愈低，到了傍晚，气温居然降至 6℃。

我和老公提早 10 分钟来到游人稀少的小公园，那种刺骨的寒风夺命似的想把人的脸皮整层刮掉，我冷得几乎连血液都凝结了。到了 7 点整，一向准时的女儿仍不见踪影，我们的手机偏又留在公寓里忘了带，无法联系。

寒气肆无忌惮，我冻成了冰湖底下一尾郁悒的鱼。看着时间嘀嘀嗒嗒地流走，怒气像蚂蟥一样往我心里钻。到了七点半，我的脸，已幽幽地长出了一层青苔。

“天这么冷，她竟不为我们着想！”我口出怨言，“简直就是个工作狂呀！”

“唉，”老公叹气，“伦敦的工作压力真是太大了！”

7 点 40 分，女儿才气喘吁吁地赶到，连声道歉：“爸爸，妈妈，对不起，对不起！工作堆积如山，做不完呀！”

我和老公对看一眼，果然不出所料！

我被冻得有如一片在树梢瑟缩颤抖的枯叶，我的声音，比雪更冷：“工作做不完，不是还有明天吗？你过去守时的好习惯，去了哪里？”说着，我径自往前走，不再看她一眼。

到了餐馆，女儿轻车熟路地点了各种美食，刺身、煎和牛、鳗鱼饭、酱渍豆腐、软蟹手卷、天妇罗……

可口的美食一道接一道地上，然而，我觉得心里冒出了很多冻疮，灼灼地痛，半点胃口也没有。

女儿欢欢喜喜地说着办公室里的一些趣事，我没有搭腔，只一筷一筷闷闷地吃，一心只想快点回家盖上厚厚的被子蒙头大睡。

第二天，日上三竿我才醒来。薄薄扁扁的阳光从窗隙硬生生地挤了进来，看看钟，哟，9 点多了！奇怪的是，厅里竟传来了女儿和她爸爸说话的声音。我翻身起床，走出厅外，还没开口，女儿便说：“妈妈，我今天请假。”我讶异地问：“咦，你的工作不是堆积如山吗？”她笑嘻嘻地说：“工作做不完，不是还有明天吗？”

桌上放着一大束精神抖擞的向日葵，黄艳艳、活鲜鲜的，大捧大捧的热情源源不绝地释放。向日葵旁边，有个奶油蛋糕，还有一张卡片。

卡片里，装着女儿圆润的字体：“亲爱的妈妈，记得吗？那一年，您到土耳其旅行，看到漫山遍野的向日葵，回来向我展示照片，满脸陶醉地说，那种美啊，简直惊心动魄呢！您每回看到玫瑰花、荷花和桂花，都露出馋馋的目光，想吃它们；唯独向日葵，您打心坎里爱着它宠着它。妈妈，我和哥哥们，其实都是您的向日葵；而您，就是我们的阳光。”

读毕，抬起头来时，女儿絮絮地说道：“妈妈，昨天下班后，我赶去办公室附近那家花店，不巧它因事休业。我匆匆坐计程车赶去另一家，又碰上塞车，我真的急坏了呀！终于买到了您最喜欢的向日葵，还得赶回家把它藏好。这样一来一往的，才会迟到呀！”

说着，她又笑眯眯地自问自答：“您猜我把花藏在哪儿？贮藏室！可是，我又担心它难以透气，半夜还起来浇水呢！”

这一天，是我的生日。

可是，在这一刻，我的眼眶里，都是泪。

（摘自《读者》2014 年第 10 期）

等你回家

丁立梅

你的父辈是否也是这样——他们生性含蓄，总是把爱深埋于心中，不予言说，但如果你需要，他们一定会站在你身后，做你最坚强的后盾，给你勇气和力量！

我曾陪一位父亲去800里外的戒毒所，探视他在那里戒毒的儿子。戒毒所坐落在荒郊野外，我们的车在乡间土路上颠簸着。路边，野葵和蒲公英开得正盛，一些鸟在草地间飞起又落下。天空很蓝，显得很高远。父亲的心，却低落得如一株衰败的草，他恨恨地说："真不想来啊。"

一路上，他不停地痛骂着儿子，历数儿子的种种不是，说儿子毁了一个家，毁了他。他含辛茹苦养大儿子，为他在城里买了房，买了车，帮他娶了媳妇。那个不肖子，却被一帮狐朋狗友拖下水，去吸食毒品。房子吸没了，车子吸没了，媳妇吸跑了……他一辈子积攒的家业，几乎被他掏空了。

"我真想跟他同归于尽！"这位父亲说到激愤处，双眼通红地睁着，抛出这样一句狠话来。若儿子在跟前，他是要把他撕成碎片才甘心的。

我坐在一边，听他痛骂，隐隐地担心：这样的父亲去见儿子，会有怎样的结果?

车子一路向前，野葵和蒲公英一路跟着。终于，我们远远望见了几幢房子，青砖青瓦连在一起，坐落在一块开阔之地。开车的师傅说："到了。"父亲像突然被谁猛击了一掌似的，愣愣地，不相信地问："到了?"一看表，快上午 10 点了。他急了，说："也不知能不能见着。"因为这家戒毒所规定，上午 10 点之后，一律不允许探视。

他一口气跑到大门口，还好，还有 15 分钟的时间。办完相关手续，这个父亲一秒也不曾停留，急急火火地往探视室跑。很快，他儿子被管教干部带进来。高高壮壮的年轻人，脸上既无欢喜也无悲伤。看到父亲，他嘴角稍稍撇了撇，有嘲讽的意味。一层玻璃隔着，他在里头，父亲在外头。从他进来起，父亲就一直盯着他，话筒拿在手上，却不说话。

旁边，亦有来探视的人。一个长相甜美的女孩子，在玻璃窗外头，不停地用手指头在举起的另一个手掌上画着什么。里头是个清秀的男孩子，他眼睛跟着女孩的手指转动，频频点头，含着泪笑。他读懂了她爱的密码——从此，都改了吧。还有几个人，男男女女，大概是一家子，围在一起争着跟里面的一个中年人说话。里面的中年人，一张脸憔悴无比，却一直笑着，一直笑着。这时，他们中的一个突然到探视室外面叫了一个男孩进去。孩子不过十一二岁，白净的面容，文文弱弱的。孩子怯怯地打量了一下四周，然后拿过话筒，隔着玻璃窗，才说了一句什么，里面笑着的中年人立即不笑了，他愣愣地看着孩子，眼泪流了下来。

"哭什么呢? 你会改好的!"我听到那些人里的一个大声说。

探视的时间快要过去了，管教干部已进来提醒。一直跟儿子对峙着的父亲这才掉过头来。我发现他与刚才的强悍判若两人，竟是一脸的悲戚。他低声说："里面的日子不好过，看他黑了，也瘦了。"

他转身问我："你有纸笔吗?"

"当然有。"我掏出来给他，正疑惑着他要做什么，只见他低头在纸上迅速写下几个字，贴到玻璃窗上给儿子看。里面的年轻人，看着看着，神情变了，两行泪缓缓地从腮边滚落下来。

探视结束后，我看到这位父亲在纸上留下的字，那几个字是：儿子，等你回家。

（摘自《读者》2013 年第 6 期）

因为爸妈只有你

杨熹文

我人生中唯一一次觉得不该坚持梦想的时刻，是在出国后的第三年——我第一次回家小住的时候，因为有事要去朋友所在的城市，我才在家停留了几天便没心没肺地拿着行李上路了。那天早晨，我送妈到公司班车车站，再转身去找自己的公交站，到马路对面的时候，我下意识地转头看，看见站在马路另一头的妈妈，整个人呆呆地望着我的方向。这个年近五十的女人，肩膀耸动，鼻尖通红，眼泪像断线的珠子，流满了整张脸。她看着即将离开的女儿，竟伤心地哭成了孩子。

这是我离家三年后第一次回家，作为爸妈唯一的孩子，这是多么自私的行为，可我总是能为不回家找出若干冠冕堂皇的理由："学校假期好短啊，我有很多功课要做的！""我现在打工的地方很好，不想因为回国就辞掉！""回国几周这边的房租还要照交，多不划算啊！"

爸妈口中那个"在银行上班、和爸妈住在一起、快要结婚了、未婚夫是个老实人”的小红或是小丽，我没一丁点儿兴趣去打听。我是个江湖青年，满脑子都是闯荡四方的豪情壮志，我向往瑞士的雪山和伦敦的建筑，憧憬埃菲尔铁塔和撒哈拉沙漠，我甚至在墙上的地图上标出南极的方位，相信自己总有一天会到达……爸妈有时期盼地问：“孩子，什么时候回家呀？”我便心虚地回答：“就快了，就快了。”我就这样敷衍了他们三年，我的爸妈也为此等待了三年。

我不在的日子里，微信就是我和爸妈之间的纽带，我和爸妈的交流，全隔着小小的手机屏幕。这一端，我在早晨起床时，看见妈为我精心布置的房间；在课间休息时，看到爸为阳台的盆景做了个小鸟巢；晚上去打工的路上，收到花园里枸杞结果的照片；又在无数个入梦前的深夜，收到爸妈隔着时差的“晚安”。我从未错过他们生活的任何一个细节。可是爸妈的另一端，却没有这样频繁响起的提示音，我说：“妈，我和同学吃饭呢，一会再说！”“爸，我累了，改天聊。”于是，他们只能从我的只言片语里，尽力地拼凑我生活的全貌。

我童年时就曾发誓，长大后一定要远走他乡，因为爸妈从未停止过争吵。我成年之后，爸妈的性格随年龄增长变得温厚，妈不再歇斯底里地指责爸，而爸也不再喝到不省人事。但是在大学毕业后住在家中的那段时间里，我又感觉到了亲情的束缚：我晚归不得超过七点钟，不然爸妈就会疯狂地打我的手机；我不能十一点以后睡觉，妈会一遍遍敲响我房门，叮嘱我“快睡吧，孩子”；我也不能略过任何一餐，爸会受挫似地自言自语：“这不是我姑娘最喜欢吃的一道菜吗？怎么连筷子都不动一下。”

台湾作家蒋勋说：“尽管我和我的妈妈很亲，但母爱有的时候真是暴力，因为她不知道这个爱对一个青少年来说是多大的负担。”这是在那段时间内，我对爸妈的看法：爱意过浓，束缚太多，接近暴力。

所以当我远行时，我就像一只挣脱了牢笼的鸟，迅速地飞向广阔的天空，以至于常常忽略了爸妈发来的近况。我记不起妈去广场跳舞，后来因为老师要统一着装，她就不去了，甘愿在家打扫我的房间；我也忘记了爸推掉了酒局，只愿意在家侍弄花园，或者一遍遍看我的艺术照。爸妈的生活无聊而空洞，我不在家这一事实让他们失去了生活的目标。曾经每日为我准备三餐，看我吃到肚皮圆胀的日子，在阳台上目送我上学去的背影一点点缩小的日子，每个学期末在火车站等待我乘坐的列车到达的日子……岁月将它们统统剥夺了去。

爸爸朋友的孩子和我一同在新西兰生活，回国的时候去我家做客。她后来跟我说："你妈妈握着我的手，反复摩挲着，什么都没说，眼泪就流下来了。"过年时，我的亲戚在 QQ 上发来消息："大家吃着饭、喝着酒，突然有人说起了你，你爸捂着脸就哭了起来。"那时候，我心里那个远行的孩子才肯真正停下来，迫不及待地向家的方向奔跑，眼泪飞溅。

直到我回家后，才一点点意识到爸妈经历的煎熬。除去那个我妈哭到让我想放弃梦想的时刻，还有爸每天都变着花样准备的晚餐，妈失眠了几年的老毛病突然间不治而愈，爱聚会的爸总是翘了班回家，甚至有一天我和妈走在路上，一向节俭到极致的她竟然肯在路边乞丐的碗里放上几块钱。她一路哼着歌，我的心里却只听见酸楚。

我第一次体会到独生子女父母的孤独，是在国外酒吧打工的时候。酒吧里有一些赌博机（在新西兰赌博合法），有些中国老年人因语言不通，无处可去，就经常来这里消磨时间——拿几枚硬币玩大半天。我有时和他们聊天，他们讲得最多的就是儿女。

一位伯伯说，他二十几年前和老伴来新西兰定居，在这里生育了一个女儿，那时夫妻俩辛苦经营着一家中餐馆，无暇照顾孩子，结果长大后的女儿完全融入了西方文化，不会说、也不想说一句中文。老伯有一次拿了一些英文资料，不好意思地问我，可不可以教他一些简单的词语。后来又拿出一张画满符号的纸，他说自己想买个 iPad 跟上女儿的时代，这些符号全部照抄女儿的 iPad 页面，希望我能告诉他这些奇奇怪怪的字符都代表什么。

我尽力回答老伯提出的每一个问题，小心翼翼地用最直白的语言解释。因为我看到老伯，就想起了我的爸妈，我希望他们在遇到不懂的问题时，身边也有一个愿意帮助他们的人，而我更希望，当这样的事情发生时，我就在他们的身边。

我和朋友讨论过独生子女的问题，他说："集万千宠爱于一身，也集万千孤独于一身。"我点头同意，却不禁想起，我们的父母才是最孤独也最缺乏安全感的人。对于已经不再年轻的父母，大概他们对我们的期待，就像是龙应台在《目送》中写的："幸福就是，早上挥手说'再见'的人，晚上又平平常常地回来了，书包丢在同一个角落，臭球鞋塞在同一张椅子下。"

有一次看见知乎上讨论，独生子女是一种怎样的体验，有人回答："不敢死，不敢远嫁，特别想赚钱，因为他们只有我。"我不知道别的独生子女是否有这样的感觉，这句话戳中了我的心。

几年前我决定出国，和朋友吃了告别餐，他很不理解地问我："你一个女孩子，怎么想跑得那么远？对我来说，和家人在一起才是最重要的！"那时，我心里装着整个世界，对这样的声音完全不屑，抓起桌上的啤酒喝了一大口。后来远行，经历了身边朋友为了家庭而中断学业，也听见越来越多的声音在问我："我也想和你一样远行，可是舍不得爸妈，该怎么选择？"家人或是梦想，这似乎是摆在年轻人面前最艰难的选择题。我一直不是个合格的女儿，缺席了爸妈生命中很多重要的时刻，没资格给想要远行的年轻人提供什么建议。但是如果你像我一样向往自由，一定要去世界的什么地方看一看，那请不要让这次远行成为逃离。世界上还有一种远行，离开是为了更好地回归——你可以远行，但要保证身体健康，每周打一次电话，教会爸妈使用微信，有事没事把生活照发给他们，少抱怨，别报忧，告诉他们，你把自己照顾得挺好的，而事实上也确实如此。你虽然还是默默无闻的小人物，却正走在通往成功的路上，每一分努力都慢慢换来了收获。你常常希望每一天有一百个小时，因为生活总是忙碌不停，可是爸妈需要你的时候，再忙你都会出现在他们的身边。

我回新西兰的时候，爸妈到机场送我，在我走进安检前的最后一刻，回过头和爸妈挥手告别。我从爸妈那忍住泪水的目光中读到了一份不舍，但似乎又看见了另一层含义：孩子你好好奋斗，早日实现梦想，到时候再安心回家，我们会一直在这里等着你。

我的父母是中国父母中最普通的代表，他们把最好的人生给了我，再用剩下的人生来守候我。我至今还在为梦想一刻不停地奋斗着，希望早一天带爸妈去外面的世界看一看，也希望有足够的物质条件去满足爸妈年轻时因为我而放弃的梦想。我想告诉所有正犹豫着或者已经在路上的年轻人，如果选择远行，请风雨兼程，好好奋斗吧。可无论何时，都请记得一直在等待你回家的爸妈，因为二十岁的你拥有整个世界，而他们除了你，什么都没有。

（摘自《读者》2015 年第 24 期）

探望女儿小记

蒋　蓝

离婚后，我每周探望女儿一次。

我 38 岁时，生活终于尘埃落定，才决定要这个女儿。对女儿青青来说，爸爸太老了；对我来说，她又太小。青青不懂这些，她才 3 岁。

我到幼儿园看她。我蹲在门缝前，透过一小块玻璃寻找女儿。她坐在一个小板凳上，看着一个无法洞悉的所在。她的丹凤眼已具雏形。

直到她感到透过这块玻璃的光黑下去了，才转过身来。她看到逐渐暗淡下去的爸爸，跌跌撞撞跑了过来。她打不开门，拼命用手拍打，呼出的气模糊了玻璃。她在哭喊。

老师开了门，青青眯缝着眼，仰起头，她不适应室外强烈的光线。

我说，青青不哭。她就笑了。我抱起她，在走廊上来回踱步。她一直盯着我的脸——爸爸的胡子长了，爸爸有好多好多白头发，爸爸的衣服很脏。我掏出一些糖果，她很喜欢。后来我就给她买牛肉干，买小人书，买衣服。

有一天黄昏，我驾车赶回成都。心慌，连闯两个红灯，我怕幼儿园放学。我气喘吁吁地告诉青青，爷爷前天死了，爷爷烧成了灰，只有一点点。她有 4 个月没有见到爷爷了。她看着我，丹凤眼有一种飞的态势，我不知道她想说什么。她蜡一般的手指指着走廊外的天空，嘴唇动了动，没有声音。我说，青青，你见不到爷爷了。她说，爷爷老了。她吃糖，腮鼓起来，她用腮擦我的脸。

我每次去探望，一般不会超过 15 分钟。偶尔超过了，我发现离开时她很伤心，她不让我走。因此，掌握好这个分寸比较重要。

已经是冬季了，成都的天空总有时断时续的细雨。昨天我去看望青青，她很高兴，一再央求我带她出去。我说，老师不同意，我们只能在学校里走动。她同意了。走廊有百十米长，我拉着她的手，走了 3 个来回。我说，爸爸要走了。

她说，我要撒尿。我抱她去厕所，她咯咯咯地笑。过了一分钟，我觉得上当了。我说，爸爸走了。

她两只手在空气里比画，翻出了一朵朵我看不见的花，浮在她齐胸高的地方，她从花的火焰中掠过，从花里取暖。

她低头旋转，就成为花的重心。她的脚在做根须状、扎根大地状。

她生硬地扭动腰肢，板栗色的头发已经披到肩头。

她开始跳舞。到了某个记忆的断裂处，她卡在那里，不得不依靠重复来回忆那个动作，但是她的努力还是失败了。她只会几个动作，但她坚持在重复。

好像是累了，她又开始唱歌。我一个字也听不明白。她唱，我为她拍手，她继续唱，但还是那几句。我说，青青可以休息一会儿，爸爸走了。

她立即从地上跳起来，又开始跳舞……

看着她缓慢的舞蹈，一遍又一遍，我席地而坐。细雨斜飞，在她头发上开出了一蓬碎花。在背光的地域，花消失了。她再转身，碎花甩成了一尾花翎，像一个梦，在似醒非醒之间挪移。我希望时间慢下来，慢到我刚刚跨进校门时那样，一切从头开始；或者，细雨变成大雨，这样的话，我们就不得不从冷风呼啸的走廊，回到热气腾腾的教室。在喧嚣里，她不容易平静下来。

终于，她耗尽了力气，汗水从她的发际流下来。鞋带散开了，手套掉进水洼。她突然抱着我，喊：爸爸，再见。

她从来没有问过我现在住在哪里，也没有问为什么晚上我不去给她讲故事。不知道是她没有这些词汇，还是有，不说。

（摘自《读者》2012年第10期）

母亲的愿望

冉崇伟

父亲去世时，母亲才四十多岁，几兄妹都还在读书，母亲一直都没有工作，一家人主要靠父亲单位发的抚恤金生活。当时正是缺衣少食的年代，日子过得十分紧巴，母亲常常在外揽些手工针线活来补贴家用，每到要交学费的时候，更是愁得母亲到处借钱。

几年以后，除最小的兄弟还在读书外，其余的都工作了。

在母亲快五十岁那年，邻居的一位大妈悄悄告诉我，母亲准备改嫁，是经常来我家的李叔叔，并说："你们都工作了，又不是养不起她，她怎么还要给你们丢人。"

我当时正血气方刚，怎能让母亲去"丢人"？在我和弟妹们的"兴师问罪"下，母亲这还没有来得及说出口的想法便永远地打消了。

李叔叔高高的个子，很有男人气质，对我们几兄妹也很好，常常帮我家做些事。

以后，我们就很少见到李叔叔了。再以后，我们也都陆续成家搬了出去。

有那么三五年，是母亲最劳累，也最快乐的时候，几兄妹都争着接母亲去带孩子。当我们的小孩都上幼儿园以后，母亲说什么也要回老屋居住，说在这儿白天一个人闷得慌，回老屋可以和老邻居在一起打打小麻将，时间好打发，想吃什么自己也可随意地做来吃，在儿女家始终不自在。

母亲此时已经六十多岁了，身体也还硬朗，生活自理完全没有问题，任我们怎样挽留，母亲终究还是一个人回去了。

几天后，我回去看母亲，她一个人撑在桌子上，戴着老花镜，随意地翻着面前的《毛泽东选集》。

我问："没有打麻将?"母亲说："凑不齐人，人家家里经常有事。"我又问："怎么不看电视，或者找本小说看?"母亲摇了摇头说："什么都没有兴趣看。""那你看这《毛选》干什么?""哄哄眼睛而已。"

不久后的一天，小弟打电话来说，母亲到张阿姨的女儿小仙那儿去帮她照看儿子去了，并给了我一个电话号码。

张阿姨原是我们的老邻居，后来搬走了，和母亲的关系很好，也常常来看母亲。小仙和我们一个院子长大，大家都很熟的，但母亲怎么会到小仙家去呢?

我马上拨通了电话，母亲接了："妈，你怎么跑到小仙家去了？也不先讲一声!"

"小毛，"母亲私下里总是叫我的小名，"小仙最近刚生了个儿子，张阿姨说我带的几个孙子都带得好，又见我一个人，就请我帮小仙带几个月儿子，最多带到半岁。小仙对我很好的，你们放心。"

我一听火了，"谁说你是一个人？你还有几个儿子，在单位都还混得不错，要传出去说他们的母亲在外帮人，受人使唤，这叫我们怎么做人？不行不行!"

母亲沉默了一会儿后说："小毛，我已经答应人家了，这样吧，我帮一个月就走。我一个人在家里也很寂寞的，小仙嘴巴甜，和她说说笑笑的，有点事做，日子好打发，就一个月，行吗？"这差不多是央求我了。

"好吧，就一个月，不准要工钱！"我口气放软了，母亲喜欢小仙，有一段时间曾希望小仙做儿媳。

一个月以后，母亲回来了，我去看母亲，她精神很好，见到我后很高兴地说她没有要工钱，小仙送了她一件外衣，要一两百块钱，怪不好意思的，说着就把衣服找出来穿给我看。

母亲穿上这衣服，显得要年轻一些，也合身，小仙一定是费了一番心思替母亲挑选的，母亲也觉得好才穿给我看。但我一想到这是帮人得来的，心里就不舒服，生硬地说："不好看。"

母亲不讲话了，默默地把衣服脱了下来，我想，母亲是猜中了我的心思的。

时间就这样一年又一年地过去了，母亲依然一个人住着，我们常常只是周末带着儿女去见母亲。

一天晚上，朋友请客，在外吃完饭，我见时间还早，就顺道去母亲那儿。打开门，屋里静悄悄的，没有开电灯也没有开电视，黄昏使屋里的光线很暗。母亲一个人坐在卧室的沙发上，头微微抬起，呆呆地对着窗外渐渐变黑的夜空，像一尊凝固的雕像。我站在卧室的门外，注视着母亲这不知保持了多久的一动也不动的剪影。过了好久，我实在无法再忍受这黑暗中的寂静了，打开电灯，母亲才注意到我的到来，扭过头来看着我，呆滞的目光中透出了一丝生气。

我一阵心酸，默默地打开电视。

"吃过饭了吗？"母亲问我，我点点头。"我也刚吃完。"母亲接着说。

"找个老伴吧，妈。"我尽量使自己的声音高兴些。

"都七十岁的老太婆了，还找什么老伴，谁要？"母亲淡淡地说。

一阵沉默，方桌上依然是一本打开的《毛泽东选集》。

我心里一直愧疚，随着年龄的增长，社会的开放，我常常为当年阻止母亲的再嫁而后悔。几年前，我曾悄悄地去打探过李叔叔的下落，李叔叔早就结婚了。李叔叔的邻居说，李叔叔很喜欢母亲，他又等了母亲几年，看到没有希望才结婚搬走的。

“妈，请个小保姆吧，可以帮你做点事，陪你说说话。”

“我吃得做得的，用不着。”母亲一口拒绝了。

我想，不能再让母亲一个人居住了，小妹的房子要宽一点，给小妹说说，把母亲接到她那儿去住。

三天后的下午，我上班时接到一个电话，是母亲的邻居打来的，说他们正在打麻将时，母亲突然中风了。

当我和小弟小妹把母亲送到医院时，母亲已经是深度昏迷了。医生说，她是脑溢血，要是三天醒不过来，那就是不行了。

母亲真是坚强，她醒过来了。母亲出院后就住到小妹家。

我去给母亲收拾东西的时候，把那本《毛泽东选集》也仔细地包好，虽然我知道母亲从来没有看过它，但它陪伴母亲度过了多少寂寞的时光！

母亲在床上躺了一个月以后，就挣扎着起来，拄着手杖慢慢地走，手也只能缓慢地活动，根本就不能打麻将了。

以后，我们打麻将时就给母亲搬张凳子，让母亲坐在一边看，我们只是偶尔地和母亲讲些话。母亲的话越来越少了，后来，母亲就不再看我们打麻将了，只是一个人默默地坐在沙发上。

两个月后的一个星期六，我到小妹家，母亲坐在沙发上叫我：“小毛，请你帮我买一样东西。”

“什么东西?”我在母亲的身边坐下。

“帮我买瓶‘敌敌畏’，我这样活着太难受了，什么都不能做。”

我呆了一下才反应过来：“乱说，你平时多锻炼一下就会好的。”

“我知道已经不行了，好不起来了。”母亲低声地说。

我说：“如果你真的吃‘敌敌畏’而死，我们几兄妹今后怎么见人!”

不知是我的这句话起了作用，还是母亲知道我们肯定不会给她买“敌敌畏”，母亲从此再也没有提起这件事了。

母亲行走越来越困难，自从住到小妹家就再没有出过门，一晃就快两年了。我几次说买个轮椅，推她出去看看，母亲总是一口回绝，说是不能吹风。

一天，小弟说单位给他分了新房，三室一厅，他专门给母亲准备了一间，装修好了就接母亲去住。从此，母亲每次见到小弟，总是要问装修得如何，母亲的眼里又有了一点生气，母亲盼着到一个新的环境居住。

半年以后，新房终于装修好了，小弟说他要请一些客，闹哄哄的，等请完客再接母亲过去安安静静地住，这一拖又是一个多月。

此时已是盛夏，一天母亲给我说，她盖的被子厚了，晚上热得睡不着，叫我给她买一床薄被。

我说：“你先坚持一下，等搬到小弟那儿再换新的吧!”

母亲想了一下说：“那也好。”

第二个星期，母亲对我说：“不行了，小毛，晚上实在是热得难受，你下个星期给我带来我等不了啦。”我说：“好，下星期一定给你带来。”

星期五，我买好了被子，想着要记住明天给母亲带去。

星期六的早上，我还未起床，小妹打电话来，哭着说：“妈妈死了！是今天早上起床后才发现的。”

我一下呆了，这么突然，没有一点先兆，没有一点心理准备，母亲就这样走了，心里顿时空空的。看着床边放着准备给母亲今天送去的薄被，又开始恼恨起自己来，为什么不在母亲一说要买被子时便买来给母亲呢？这样母亲就可以睡几天安稳觉！继而又恼恨起小弟来，房子装修好后母亲就可以搬过去住，母亲也可以享受一小段住新房的快乐时光，偏要等什么请客以后!

在我们的不经意间，母亲的最后愿望已经永远地不能实现了，这真让我追悔莫及！痛彻心扉！

在整理母亲遗物的时候，我看见了那本《毛泽东选集》，还是我包好的那样子，母亲显然再也没有打开过，眼前仿佛又出现母亲撑在桌子上面对它而只是哄哄眼睛的情形，我一阵心酸。接着，又看见当年小仙送给母亲的衣服，还是崭新的，可能母亲就穿过给我看的那一次，见我不高兴就一直收起来了，我为当时自己的自私又一阵难受。最后，在一个小铁盒子里，我发现一块金丝绒包着的两张照片，一张是父母亲和我们几兄妹的全家福，另一张是李叔叔年轻而英俊的照片。在全家福的后面，母亲写着——“我的快乐”；在李叔叔的照片后面，母亲写着——“我的阳光”。

（摘自《读者》2004 年第 11 期）

这一锅汤

翟敬宜

妈妈爱煮汤，深信“先喝汤，胃不伤”，菜色再简单，汤不可缺。妈绝对是有天分的家厨，再简单的汤进了她的锅，美味立刻向上加乘。以家常的玉米排骨汤来说，她嫌排骨油重，用乌骨鸡脚代替，再多加一个西红柿，汤色更清美，还多了讨喜的微酸与胶原蛋白。

想有点儿饱足感，妈会端出疙瘩汤。一只海碗装低筋面粉，把水龙头开到极小，用长筷子高速搅，让面粉在碗中结成米粒大小的块。起油锅炒香配料，注入高汤略煮半晌，面疙瘩即可入锅，小火搅拌至滚稠，加把翠绿小白菜，香气、营养、口感完美结合。

费工的当属除夕团圆饭的一品锅，那可是年度压轴戏。鸡汤当底，海参、花枝鱼、鲜笋丝、鹌鹑蛋……好料结伴来，但绝不加芋头，以免浊了小清新。锅一上桌，就是爸从口袋摸出压岁钱的时候。香气与热气，把一大家子暖暖团在一起。

一年年过去，吃一品锅的人变少了。哥哥们在海外成家，还在父母身边的只剩出嫁的女儿。我的运气太好，婆婆全面包容长媳的任性，让我得以在除夕夜回娘家守着一品锅，还不断带来新吃客，先半子，再孙子。外孙对姥姥的汤超迷恋，好汤煲粥，小小孩一口气碗底朝天，毫不啰唆。

对于我的拒绝长大，老天终究给了一个大警示。妈病倒了，两个月来回检查被确诊为胃癌晚期。手术加化疗让她的胃口与体力尽失，看到饭菜就皱眉，遑论下厨。她的洁净厨房让给了钟点工、回娘家的我和不再远庖厨的老爸。

妈生病前，爸下厨的次数十根指头就能数完，为了妈，钟点工休假时，他开始抡起菜刀剁肉切菜。有天晚上，爸突然急找我，说妈情绪大崩盘。我奔回家，妈眼泪汪汪，说她不想活了，指着一碗煳了的炝锅面不停呜咽："我都快死了，你爸只做这个给我吃……"我哄不住妈的眼泪，打开冰箱东翻西找想生出一碗汤。妈筷子一推下了饭桌，留下愧疚又傻眼的父女。

眼看钟点工的菜不合妈胃口，爸又实在上不了手，老买外食也不是办法，青黄不接之际，我也只好硬着头皮在家做实验，猛看食谱外加想象力，勉强做出接近妈妈风格的汤。但火候跟调味的掌控太差，滋味如何，我心中有数。

"一点都不像姥姥做的！"负责试喝的儿子每次都说中要害，但妈总是很捧场地多喝半碗。好在新来的煮饭阿姨厨艺好多了，妈终于不必再忍受女儿做的汤。

曾经，我想过把妈的汤谱一道道记下来，但时间没站在我这边。她的病情很快恶化，连说话的气力都没有。我只能尽量陪她，提防着任何的猝不及防。

有一天，她出现了谵妄的现象，嘴里尽是我听不懂的话，我知道死亡可能逼近了，紧急联系护理师，决定次日送她住院。中午时，妈突然字字清楚地对我说："我想吃饭。"

直觉告诉我，这顿饭，我得自己做。七手八脚地做了不辣的咖喱鸡饭，想着妈吃不下，重口味的比较开胃。我把饭端到床边，一口口喂她，见她勉强咀嚼吞咽，突然想起怎么忘了做汤，妈习惯要先喝汤的呀！

饭才吃了几口，妈就不肯嚼了，我用棉花棒替她清了口腔，出门上班，打算跟公司多请几天假。道再见时，妈抬手向我挥了两下。

傍晚，我的手机响起，来电显示“爸妈家”。通话键一按，手机那头传来爸爸悲切的嘶喊。

多年来，我庆幸着那天中午亲手做了饭，却后悔着为何要上班，不多留一会儿替她煮碗汤。

妈走后，寂寞的爸体力日衰，再也不下厨，也不习惯阿姨做的菜，开始在餐厅外食，除夕夜也喊我们一块儿上饭店。直到前年的年夜饭，他虚弱得出不了门，我决定把大菜交给外卖，卷起袖子，做几道妈常做的菜。

我做菜很慢，脾气很大，绷紧神经怕出错，谁都不准来打扰。站了一整天，我做了如意菜、蒜薹炒腊肉、青蒜拌莴笋，以及大年初一早上爸要吃的茶叶蛋、韭菜饺子和煎年糕。腰酸腿麻地端到爸家，瘦削的老人笑眯了眼。只是，菜肴摆满了一桌，正中间是买来的佛跳墙，不是一品锅。没人想点破。

我好想完美复制一品锅，但太明白自己的能力。一如妈走后的每个腊月初八，我都想做咸腊八粥给爸吃，那是我们的私房粥，全球没处买，网络找不到，可我就是记不清，那一锅神秘的美满丰盛的粥，妈到底是用了几种米粮、多少种食材？

前年 5 月，爸也走了。原本对做菜缺乏兴趣的我，开始注意到自己的一个转变。只要走进厨房开始炖汤，锅里的丝丝香气就像蒸气熨斗，可以神奇地抚平我的压力与焦躁。

炉边的我竟然不再紧绷暴跳了。会不会是妈妈在对我说：“妹妹啊，这是你煮的汤，你不必做得跟我一样，就用你的想法，做出你的味道，让孩子永远记得……”放松后，汤变好喝了，于是我又做了疙瘩汤。儿子惊讶地望着我，说：“妈，像耶!”

平静无波的汤，内敛的表情藏着海一般的深情，无边无际，永远宽容，让接下汤锅的下一代真实体会，传承并非复制，而是情感的延续。细火慢炖的滋味或有不同，但永远不变的是那一锅入魂、无从仿冒的独家真爱。

（摘自《读者》2015 年第 4 期）

儿子的礼物

琦　君

一位好友的女儿，寄来她在报上发表的一篇文章给我看。内容是写她十几岁的儿子在幼年时亲手雕了一对烛台送给她，做母亲的当然是万分珍爱。儿子渐渐长大了，有一天，他发脾气，顺手拿起一只烛台扔向母亲。母亲于吃惊与盛怒之下，拾起地上的烛台，竟连同柜子上的另一只一起扔进垃圾桶。儿子怔在那里，怨怒的眼神仿佛在说："你扔吧，给你的东西，你爱怎么扔就怎么扔。"第二天一早，她后悔了，去垃圾桶边想把烛台拾回来，却已被清洁工收拾走了。

她心头感到无比的刺痛，尤其是想起儿子当时雕刻的那番心意和所花的工夫。她叹息道："为什么美好的东西，总是在失去之后才觉得格外可爱？"

看着她的文章，我止不住泪水涔涔而下。我感触于母心之苦涩，也悔恨自己既不是一个孝顺体贴的女儿，又不曾扮演好母亲的角色。如今垂暮之年，任纵横老泪也冲不去心头的伤痛。

和作者一样，我也有一件儿子送的礼物，那是他在童年时用火柴棒搭起来的立体“快乐”二字。那真是玲珑剔透、巧夺天工。我是那么珍惜它，把它放在玻璃橱最妥帖最显眼的地方。年复一年，火柴棒的红蒂头褪色，骨架因胶水渐渐脱落而松散了，它已不能竖起放，我只好把它小心地收在一只盒子里。几度搬迁，我总是小心地带着它。现在，它就放在床边书架上，我常常端起盒子细看，真不能相信这是儿子的杰作。悠悠二十年岁月的痕迹，都刻在那一根根带有微尘的暗淡火柴棒上，而它所给予我的是一份诚挚的“快乐”。我心里有太多的感激，也有太多的感慨。

记得那个深夜，他把房门关得紧紧的，亮着灯不睡。我以为他在偷看从摊上借来的脏兮兮的“小人书”，几次敲门催他睡，他只是不理，我气得一夜未睡好。次日早晨他上学了，却见书桌上端端正正摆着这件精致的手工，边上一张卡片上写着：“妈妈，给你快乐。”我的感动无法名状，我真是快乐了好多时日啊！

他渐渐长大了，我们母子时有争吵，他曾愤怒地出走，数日不归，我守着虚掩的大门，通宵达旦，看着“快乐”二字泫然而泣。固然儿子并没像这位朋友的孩子那样，拿起自己做的手工扔向我，但他对我珍惜这件礼物所表现的无动于衷，却使我心酸。每次央求他修补一下火柴棒的骨架，他总是漫不经心地一再拖延。我了解这是无法勉强的，时光不会倒流，童稚亲情不复可得。儿子成人了，我已老了。当年母亲说得对，“一代归一代，茄子拔掉种芥菜”，母亲那时已知代沟无法逾越了。

我再想想这篇文章的作者，我是看着她长大的。她在初中时，每周两次放学后，带了两个弟弟，背着书包到我家来读古文。他们专注的神情都还在眼前，一下子他们也将近中年了。她现在是两个孩子的母亲，也尝到了做母亲的滋味。但在给我的信中，她仍幽默地说：“母亲来时，总是事事看我不顺眼。”这就是两代的不同吧。

其实在我心目中，她母亲是个新派人物，对子女的教育极为开明，不像我对儿子的管教是一个钉子一个眼，无怪会引起他的反感了。

几年前，她和双亲同来我家小聚，她的娴静、深思和谈吐的优雅，总使我想起她少女时代的无忧神情，怎么她今天也会为母子偶然的冲突而恼怒呢?

她在文章结尾时说："希望儿子成长为一个有用而快乐的人。"足见母心尽管苦涩，却是永远满怀希望的。

她道出了天下父母心，也给了我一份温暖与启示。

我也不再为儿子送我的那一对骨架松散的"快乐"二字而感触万千了。

（摘自《读者》2014年第14期）

我要为你建一座花园

禾　素

一

房间的抽屉里，一封遗书静静躺在里面。

想象不出父亲写它时的心情。信纸很薄很轻，拿在手中，如铅般沉重。

寥寥数语，以“女儿们”开头，简单交代了后事。看到最末一句：“我走的时候，请将伙食搞好，让前来送行的亲朋好友满意而归。”不知为何，我忽然笑了。这就是我的父亲，一生只为别人着想而总忘了自己。他甚至将与人世作别的葬礼，当作自己远行前的一场盛宴。

高大俊秀的父亲并非土生土长的小城人。当年到外祖父家拜会长辈，报称祖上曾是做生意的，父母早逝，中学毕业后孑然一身，从家乡来到小城搞土改参加革命工作。

那个年代能读到初中毕业已算是相当稀罕，据说外曾祖父见这个汉族小伙子长得白净斯文，又有文化，看来从前家境也不错，跟自己的孙女应该合适，而且无父无母，孙女嫁过去就不会受婆婆的闲气。再加上父亲手脚勤快，很会笼络人心，因此除了母亲一人，家里大大小小全都对他赞不绝口。

母亲在大家庭的压力下被迫嫁给父亲。据说母亲出嫁的头天夜里，母亲心仪的项姓傣族小伙在外婆家对面的竹楼上，唱了一晚上的情歌，歌声哀怨凄婉，爱意绵绵，把母亲的心都给唱碎了。

汉族与傣族的婚姻当时并不普遍，文化差异、思想迥别、生活习惯、饮食习惯、语言障碍等诸多因素困扰着他们。这段婚姻终于在我十四岁那年宣告结束，母亲从如花的年纪开始，忍受了父亲醉酒发疯打人的折磨二十二年之久后，终于拿出了这辈子最大的决心和勇气提出离婚。这一桩离婚案的判决，在 20 世纪 80 年代初期那落后的边境小城，掀起了轩然巨浪！

我始终相信父亲是深深爱着母亲的，但是因为从来得不到母亲热情的回应，他在那种冷漠的婚姻罩子里彻底崩溃，变成了一个歇斯底里的醉汉。而神奇的是，一直不肯在离婚协议书上签字的父亲，因国家对少数民族的保护政策被法院单方面判决离婚之后，痛哭一场，从此滴酒不沾。

二

前年送母亲从我们这里回家乡，我的一句玩笑话竟然圆了父亲一辈子的梦。我问母亲：“你回小城之后，我走了，行动不便的你怎么生活？”母亲看看我，没说话。我说：“不如索性搬到父亲那边，相互有个照应，再好好找个保姆照顾你们，那样就完美啦！都大半辈子了，您该不会还放不下吧？”

母亲这回竟然想都没想，轻描淡写地说：“好啊，那就搬过去吧。”我以为听错了，再问一遍，还是答说：“好啊，那就搬吧。”

母亲顶着家族的压力，顶着小城里风言风语的压力，坚决地说了句：

“我都这把年纪了，我要过自己想过的生活，谁也不能阻止我！”辛苦了一辈子的父亲已经偿还了他的债，终于在与母亲分离了二十八年后等得母亲归。

住在同一屋檐下的父母，不像夫妻，倒更像老朋友，嘘寒问暖，聊着张家长李家短。看着父亲对中风后行动不便的母亲无微不至的照顾，听着母亲孩子一般快乐的笑声，一种遗失已久的温暖在我心里慢慢发酵。

母亲前往美国定居的签证忽然在此时获批，消息传来，父亲的眼神有些慌乱。一向冷漠的母亲忽然温柔地对父亲说：“你呀，要好好保重身体，等着我回来呀！到老大那住一年我就回来。”父亲眼泛泪光，默默地拍拍母亲的手。

三

久住的病房成了父亲第二个家，他送走了一拨又一拨的病友。

整个下午，我静静安守于父亲床前，父亲浅睡时，为他诵经。黄昏来临，父亲无食欲，我便读书给他听。立春以来，父亲的状况愈加不好，病魔是如此可怕，而更为可怕的是一个人精神的自毁。这个昂首挺胸走进病房的男人，躺倒在窄窄的病床上之后，意志力竟可怕地消失殆尽。从一开始手脚不会动弹、无法进食，到大小便失禁，整整一个月时间，我威严的父亲已经脆弱得不堪一击。

我细心地为父亲洗了脸，再清洗那似乎怎么也洗不干净、积满厚厚茧子与污垢的脚丫。父亲微闭双目，不吭一声，偶尔会抬眼瞅瞅他的小女儿，满怀歉意却又无可奈何地咧嘴笑笑。我为他洗完后，给他脱皮的脸以及干裂的双脚全抹上护肤霜。父亲在病床上有气无力地喊：“不要抹了，不要抹了，抹那么漂亮干什么，反正都出不去了。”我嘴上笑着说“不许乱讲话”，暗地里却背过身努力睁大眼睛，好让眼眶里打转的泪不会掉下来。

父亲忽然寻找他的拐杖，躺在床上神情凝重地握住，眼睛看着窗外的远方，轻轻地一下一下敲打着地面，也一下一下敲打着我们疼痛的心。我知道拐杖此刻便是父亲的双脚，一步步迈向远在异国的母亲。父亲竟然哼起了一首老歌：“横断山，路难行，天如火，水似银……战士双脚走天下，四渡赤水出奇兵。”旁边的俩老头也来了精神，跟着合唱起来。

不晓得远方的母亲，能否听到家乡那个老头子，于病房内拄着拐杖如此艰辛却又情深意长的歌唱?

四

午夜的病房，刚被抢救过来的父亲又沉沉睡去。医生问我，倘若危险再现，要不要选择让父亲插喉救治。

我平静地回复年轻的女医生：“不，我会带父亲回家，让他安心且有尊严地离开这个世界。”

女医生的眼神有点复杂，她看看我，点了点头，随后拿起一堆同意书让我签字。她伸出手，向我表示她的敬意。

凌晨四点，父亲忽然清醒过来，面色也似乎转向红润。他先是睁大眼睛四下里看，好像在找寻什么，目光最后停留在我身上。看着忽然精神奕奕的父亲，我满心欢喜！他不再是记忆中那个严父，就在此刻，他满眼慈爱地凝视着我。我惊喜地握住父亲的手，正想说话，他却伸出手，慢慢抬至我的额前，猝不及防地，在我早已不再年轻的面颊上轻轻拧了一下。我竟是一愣——父亲一直严厉，从没有过如此温情而又俏皮的举动。父亲紧接着小声说了句：“三三，你辛苦了。”把头埋在父亲枯瘦无力的手掌中，我终于忍不住泪如雨下。父亲在生命的最后时刻，给了他人到中年的小女儿一生最高的奖赏，更赐予她一段生命中最温暖的记忆。

父亲的眼光忽然转向屋顶，一只硕大的黑色蝴蝶不知何时闯进寒气逼人的病房，正扑扇着翅膀上下飞舞。我与父亲两手相握，默默凝望着神秘而至的黑蝴蝶。难道这就是传说中的祖先，前来迎接父亲到另外一个世界？

五

薄雾。小城。柚木树。

老庭院。阳光。寺庙。

母亲的轻愁与笑。

旧居。瓦罐。丁香花。

玫瑰床单。泛黄墙纸。安静素颜。

整整一年，恍然如梦。

我拿什么来祭奠你，亲爱的父亲？

此刻你立于高山之巅，远远看着那异国归来步履蹒跚的老妻。

你只是观望，并不召唤。你后半生的时光都用来等待，此刻你还在等。

为你建一座花园，我们要为你建一座花园。女儿们曾这样说。

如今，在那高岗上，紫色的簕杜鹃开了，坚果树长高了。

而洁白的柚子花，春天来了，它们很快便香溢四野。

（摘自《读者》2015 年第 14 期）

爱是一朵无声花

葛　闪

23 年前，我在乡里的邮局工作。

那是一个冬日的下午。邮局外，鹅毛般的大雪纷纷扬扬下了一天一夜，整个世界都是白色的。风，更是一刀一刀地呼啸而过，寒意侵入每个人的骨子里。而邮局里，我和几个同事也被冻得脚不停地跺着地。

雪太大，来办业务的人寥寥无几。只有我一个人待在办业务的窗口，其他几个同事一边围着火炉搓着手，一边聊着天。而我，因为最后一个办业务的人也离开了，索性就伏在桌上看起了报纸。

近 4 点的时候，外面突然挟风裹雪地刮进来一个“雪人”，一进门便噼里啪啦地拍打着身上的雪。我被响声惊动，抬眼一看，原来是一个年龄在 60 岁上下的老大娘。如此冷的天气，老大娘的衣着却颇显单薄，她脸色铁青，一边不断搓着双手，一边哈着气。

她走近窗口，轻声问：“拍电报是在这里吗?”

我点点头。

“多少钱?”她弱弱地问。

“一毛五一个字。”我说。然后看她一身颇为寒酸的衣服，又追问了一句：“你要发电报?”要知道，在那个年代，若非太紧急太重要的事情，一般老百姓是舍不得花钱拍电报的。

“嗯。”老大娘点点头，听了我报的价格，短暂地一愣。接着，她一边摩挲着从口袋里拿出一个纸包，慢慢打开包了一层又一层的纸，才露出里面躺着的平整的毛票子，一边说：“我儿子在东北当兵，好久没联系了哩。现在我们这里都这么冷，东北怕是更冷了。我想发个电报，给他提个醒儿。”

我心里一暖，放下了报纸。听着外面呼啸的风声，我细细端详起眼前的这个老妇人。她满脸的皱褶，像是被岁月的犁铧耕耘过无数次，有的地方因为皮肤干，都裂开了大口子。我突然想起家中的老母亲，和眼前的她竟是如此相像。

“大娘，您要发什么内容?”我问她，“字数越少，越省钱。”我提醒了她一句。

她低下头，思索了一阵子才说：“您就告诉他，天气变冷了，要记得多穿衣服。并且告诉他，妈妈很想他。”她说完，自己又在心里核算了一下，补充说，“十七八个字，是吧?”

我按照她要表达的意思，默算一下，还真是。但是觉得语言不够简洁，便对她说：“大娘，您看‘天冷，多加衣’这几个字可以不?简洁，意思又表达了出来，而且省钱。”

老大娘一听，显得很高兴，正准备点头之际，突然又想起了什么，说：“您得告诉他，我这个当妈的很想他。例如，在后面加四个字——妈妈想你。”

我笑了：“看您说的，这世上哪有母亲不想儿女的呢。您哪，不说这四个字，您儿子也知道您想他，何必浪费这四个字的钱呢，六毛呢。”我特意在“六毛”两个字上加重了语气。

老大娘稍微犹豫了一下，显然她似乎被我说的“六毛”给打动了。但转瞬间，她又改变了主意。

“不!”她坚持要加上这四个字，还说，“我就怕他不知道我想他呢。”她一边说，一边把钱数好，颤巍巍地从窗口递给了我。在我接钱的那一瞬间，老太太忽然轻轻握住我的手，说：“同志，我真的好想我儿子呢。”

（摘自《读者》2015 年第 23 期）

前半生　后半世

王　宁

25岁之前，我一直认为我是妈妈抱来的孩子，我的性格不像她，也不像爸爸。熟识的亲戚朋友有时无心地讲出来，我都要在心里思量许久。我究竟是不是妈妈亲生的小孩？如果不是，我的生身父母又在哪儿呢？

想起小时候一起玩过的表姐，被大姨妈要来就远去朝鲜，再回国，她已曼妙待嫁，偶尔和我独处一室，常常不发一言，一个人望着压在玻璃板下的一张小小的黑白照，一个素静如花的女子轻柔地笑着。在她指尖的反复摩挲中，泪，就落下来，从一颗两颗到模糊一张脸……全然不顾年少的我吃惊一旁。

我后来悄悄地问过外婆，外婆说那是表姐的亲妈妈。亲妈妈？看来亲妈妈和后妈妈一定不同，不然大姨妈疼表姐二十几年，她怎么还对自己的身世耿耿难忘。

从那时起，我一片心思几乎全用到探究自己真实出身上。虚虚实实地装出城府，问我妈妈，我是不是抱来的呀？怎么我记忆里，您好像是从一个女人的手里把我接过来的？

她就笑，那种笑，看不出答案。我不甘心，开始细细地讲，逼着她听，讲的是我对这件事愈来愈多的杜撰。我想讲得多了，她也许受不了这种温柔的“折磨”，告诉我真相。我发誓，一定不要长到表姐待嫁的年龄，遗憾地泪流满面。

没有答案，就不好意思眼对着鼻子一问再问。只是存了惶惑的心，像寄存的菌，日久年深，事实的佐证，只会加剧扩散成一团团更大的怀疑。

8 岁，我偷家里的钱买糯米糖分给班里的同学吃，被发现后，爸爸狠狠地打我，她在一边帮腔，叫爸爸使劲儿打。打到后来，我才撕裂嗓子般地哭出来。一张沙发，我坐在这头哭，她坐在另一头哭。我发狠地想，总有一天我要狠狠地报复她，离开这个心似毒蝎的女人。

10 岁，我向她要钱买一种新上市的练习簿，不想她无意拉开抽屉，看到我藏在里面的十余本用了一半的练习簿，即刻声高八度，无回旋余地地告诫我，不用完旧本子休想买新的！我成了班里唯一一个赶不上“潮流”的女生，嘲笑声声声入耳，自尊心备受打击。

13 岁，我数学考不及格，回到家，她喜洋洋地帮我试新买的裙子，我胆战心惊地告诉她成绩，她一记耳光挥在我脸上，你怎么这么不争气？

我脱下裙子，跑进自己的房间。她在门外，不停的责骂声传来。我真想找一团棉花，堵住她的嘴。最后棉花找出来了，我堵住了自己的耳朵。

16 岁，我发现了她情感的软肋，我只需在她发泄不满的时候，故意说，在我心里，我觉得我爸最疼我。别人嘛，我也无所谓。

她溃不成军，伤感地走开，我感到从未有过的快意。

17 岁，有男同学打电话找我，她坐在客厅看电视，没有走开的意思。放下电话，她问我男同学是谁？得不到答案，第二天，她去和我的班主任交流。自此，再没有男同学的电话打到家里来。我和她，持续冷战。

18 岁，我考上大学。选择远远的城市填报志愿，离开她，成了我最大的夙愿。

我爸爸送我去异地的大学，她在家里包饺子，说好了不去送我。

火车进站，我坐在靠窗的座位上，看到隐隐跑来的身影，像她，一个车窗一个车窗地找过来，看到我，她忽然哭了，手抚在车窗上，像要摸我的脸。

我心一颤，火车开动，我让她回去，挥手之间，我发现自己也忍不住被她弄哭了。

可青春期里，最学不会的就是原谅，哭一场无非是落了的泪被风干，心里被怨恨累积的褶皱，不到真正长大，是不会自行熨帖舒展。

毕业后回到家，住在一个屋檐下，她已明显的老态。

那年我 23 岁，学会化冷妆，涂很前卫的绿眼影，跑出去找那个被牵走了心的男人。铁了心要跟他。她不同意，让我领回家来见面。愈发不同意。我们之间演绎从未有过的激烈。

24 岁，爱情散去。想质疑她是不是我亲生妈妈的念头，也一并散去。

一度想搬出去住，她不说什么，坐在床上为我准备一床厚被子。临到走，我改变主意。她依旧为我缝那床厚被子，说等数九隆冬盖。

25 岁之后，我再没有和她发生争执。好像一夜之间就化解了，和解了，理解了，再没有可以掀起两个感情波澜的骇浪。她曾说，我青春期的叛逆终于过去。

我想我的成熟来得太早，叛逆又回去得太晚，我想我一直都不是她期待的样子，让她不得不丢掉一些本真的从容与自信，来与我磨合，才使我们之间整整冲突了这许多年。而爱与理解之间，激烈与极端之间，花去的代价，是我差一点以怨怼与伤害来回报她的养育之恩。

我再没做让她担心的事。我不吸烟，尽管在我认识的圈子里，十有八九的女子与烟为伍，在吞云吐雾中写尽寂寞心事。可我不愿意让她再担心我的健康。

我也未选择同居的方式来印证爱情，以减少伤害来证明我在她身边虽然平静但是幸福，我想那也是她的愿望。

我正直，节俭，没有虚荣心，待人发自内里……我想都是因为有了她的缘故。

最后一次见到表姐，我问她，对生母的想念是不是因为养母的爱始终不敌？

她说，不是因为得到养母的关爱不够多，而是对生母当年的放弃，心存不甘而已！

我怆然泪落。

她的前半生，为我付出的所有不假粉饰的爱，我想在她的后半世，好好补偿她。

（摘自《读者》2004 年第 9 期）

外　婆

龙　莱

外婆生了十一个孩子，一个也没留住——她眼睛几乎都哭瞎了。我妈妈是她抱养的，从她亲姐姐那儿——也就是我的亲外婆，可我们姐弟跟她仿佛也不大亲，喊她大婆婆。倒是外婆在我们心眼里又亲又真，有什么好吃的好玩的，也只跟她缠，从来不在大婆婆跟前撒娇。大婆婆来我家时，总是安静地坐在椅子上，脸上挂着迷茫的笑，看我们几个孩子在她跟前奔来跑去，就是不靠近她，偶尔会叹息地看一眼我妈妈——我妈妈一直喊她姨妈，喊外婆妈妈。小时候，我弄不懂我怎么会有两个外婆，问我妈妈，她欲言又止，过一会儿她别过头去，揉了一下眼睛，说："有两个外婆不好吗？可是，就我一个人离他们最远。"我隐约懂得了什么，以后不再问了。终于有一次，听外婆提起妈妈抱来时才三个月大，我呆了很久。妈妈三个月时是什么样，一个啼哭的婴孩？就是她，后来成了我的妈妈——一想到这里，我就忍不住要掉泪。

外婆出嫁时，十八岁，一根乌黑油亮的独辫子垂在腰际，她坐在花轿里，手握扎着红头绳的辫梢，有无数心跳的憧憬，喜乐声喧，她明媚地笑了——外婆一生对她坐花轿出嫁时的情景都有非常清晰的记忆。可是这一天的幸福，怎抵得过她后来一连串的失子之痛？简直不知道是天灾还是人祸——她生了七子四女，一一夭亡，一次又一次的痛哭，使外婆的眼睛早早地混浊了，她看这个世界总像隔着一层东西，雾一般的哀和怨，透心彻骨的不解。有时候我看着外婆的身影，会有心悸的感觉，一次次抱着夭亡的孩子，摘心去肝的痛，她是怎么挺过来的？我不敢想，唯有泪湿地瞧着她。命运究竟是怎样的一种东西？它凭空让人吃这么多苦，是要做什么？我无数次地想，无数次不得其解。人生来是让人悲悯的吧。

外婆还是坚忍地活下来了。三十二岁那年，她抱养了我妈妈。我妈妈成了她一生的寄托和安慰。可是，抚养这个小女孩，也是惊心动魄。太紧张了，年轻的外公外婆已成了惊弓之鸟，抱着这新得的女婴，多么怕她会和先前的小冤家们一样扑棱着翅膀飞了，他们恨不得白天黑夜都睁着眼睛看着她——外婆守护了妈妈一生。妈妈长得很娇弱，不大爱说话，九岁那年出痧子，忌口不吃盐，过了几天，大约嘴里实在是淡得没味了，哭哭啼啼地要吃咸肉，外婆先不允，小女孩便汹涌地哭起来，外婆怕病中的女儿哭坏了眼睛，慌不迭蒸了一块咸肉让她吃了——到了晚上，小女孩恣肆地咳起来——作下了她一生的病根，哮喘。妈妈后来终身为哮喘折磨，是让人很伤痛的事。外婆一想起这件事，就唉声痛悔，低头看着自己的鞋尖落泪。我曾经为这件事替妈妈顿足遗憾，问她："妈妈，你为什么要吃那块咸肉？要不然，我就有个好身体的妈妈了。"妈妈苦笑了一下，幽幽地说道："这是命。"我当时就哭了。

差不多从刚懂事起，妈妈的病就对我有一种惊惧而强烈的刺激。冬天的时候，她喘得很厉害，躺在床上不能起，有一次大概是太痛苦了，她捶着枕头哀声道："让我咽了这口气吧！"我们几个孩子一溜儿站在她床前哭，奶奶和外婆把我们一一抱了出去。爸爸领着医生来给妈妈打针，我们扒着门边看着，哭得一抽一抽的——我至今不喜欢冬天，正跟妈妈的病有关。上小学时，我还不会梳头，冬天穿上棉袄，胳膊更是弯不到头上去，都是妈妈给我梳。她靠在床上，我跪在床前的脚踏板上，头仰着让她梳，每一次都耗去她很大的体力，我清楚地听见她在喘着，心里是那样一种又幸福又难过的感受——我让妈妈替我把辫子辫紧些，这样梳一次头可以保持两三天，以免天天劳累她。一般梳好的头睡过一夜觉，头发就有些毛了，可妈妈辫的辫子仍然硬挺挺的有形有状，我照旧摇头晃脑地顶着两根辫子去上学，没觉得有什么不妥。然而有一天，老师突然把一个没梳头的女同学揪到讲台上去了，用手狠狠地叉着她的头发："麻雀窝，老坟头……明天再不梳，用钉耙锄你的头。"女同学杀猪似地哭喊起来，我想着我毛毛的发辫，吓得心几乎要从嗓子眼里飞出来——回家气促地告诉妈妈，妈妈说："自己学着梳吧。"我爬到小板凳上，对着挂在墙上的镜子，练习起了梳头。在镜中，我看见妈妈鼓励地看着我——再没人给过我那样的眼神。妈妈的病，使她一生经历过多次生命的险关，最凶的一次在我六岁那年。我们姐弟被带到医院去和她告别，外婆和大婆婆在病房里无声地哭着，妈妈费力地挣扎着起身，看着我们，苍白的脸上滚下一行眼泪，她突然拉过被角，蒙头不看我们了——我一下炸裂似地哭起来，尖叫着，从没有过那样的惊恐，就像是看见了死神的巡逻，下死劲与他们争夺着什么。妈妈竟然从险关前冲过来了。她回家与我们团聚时，看着我们一只只脏脏的小手，又笑又泣，我们满心充溢着既幸福又羞涩的感情，站在她眼前，任凭她把我们洗弄干净。外婆曾不止一次地说过："你妈要是那次就走了，你们几个孩子会更可怜。"

外婆一直认为，妈妈经过那一劫，以后再没什么可怕的了。外公去世后，外婆寡居了一段岁月，姐姐和我被相继派去陪她，很萧索的一段日子——在我心里有很深的烙印。姐姐上大学后，我回父母身边读高中，准备我的高考。外婆也携几只箱笼搬到我家，开始与我们生活在一起——家里的房子抛荒了，她尽量不去想，想起来还是有点难过的，毕竟是休门闭户了，她觉得对不起外公——一块手绢在眼边擦着，没有话。好在她心里有我妈妈，悉心照顾妈妈，成了她最甘愿做的事。白天，她协助妈妈料理家务，洗衣、摘菜、擦地板，妈妈有时候和她争着做，她不让，说："我做这些又不吃力。把你累倒了，上医院，我魂就散了。"晚上，我们做作业时，她在灯下有滋有味地剥桂圆，熬莲子汤，端到床边给妈妈喝。有一段时间，流行胎盘滋补，爸爸托人给妈妈搞过多副胎盘，外婆每回都像得了宝贝一样，满怀深情地洗了又洗，炖给妈妈吃——这些琐事一做就是很多年，她永远尽心尽意，脸上挂着祈愿的笑。大婆婆每年来我们家住一两次，她和妈妈之间，有一种静态的温馨，她们话不多，彼此只要感觉到对方就在自己的跟前，就已经很愉快了——从来不去渲染她们之间的母女情分，却是那样割舍不断。大婆婆一双眼睛总是疼恋地看着妈妈，妈妈做家务时，从客厅忙到厨房，她就一直呆呆地看着她，有时我们突然叫她："大婆婆！"她会吃一惊。在大婆婆面前，妈妈只是沉静地笑着，从不挥洒她的喜悦，但她整个人都是富有光泽的。有一次放学回家，我听到她们两个人在卧室里说话，妈妈问："为什么单单把我送出来？"大婆婆道："你妈不是对你很好吗？"妈妈道："我妈对我是很好，可我还是要问，为什么单单把我送出来？"大婆婆停了一下，叹息道："那时候你最小，你姐姐们都大了，你妈抱来怕养不家。我和你姨父也舍不得呀，在家哭呀……可是你妈太苦了，我们不帮她谁帮她？"妈妈低泣道："姐姐妹妹们一个个都好好的，就我一个人有病，你不知道，这病都快把我磨死了。"大婆婆一下哽声道："姑娘……"我不安地推开门，愣愣地瞧着她们，她们马上收起泪，一起含笑看着我。外婆也很愿意大婆婆来我家，毕竟是姐妹，在一起会有说不完的话题——说得最多的还是妈妈，我不止一次看见外婆握着手绢对大婆婆自怨道："要是她不抱来跟我，兴许就不会有病了。我常常想，是我命不好，带累了她。"大婆婆眼圈儿一红："你赶紧别这么想……"

我们姐弟长到十多岁时，妈妈的身体竟一年比一年好起来了，全家人都有种意外的欢喜。外婆嘴里整天念菩萨：“菩萨保佑，让我女儿长命百岁，我就马上死了也乐意。”我们说：“外婆，你不要这么说。”外婆虔诚地制止我们：“你们哪里知道，只要你妈身体好好的，带着你们给我送终，我这辈子还求什么？”妈妈身体相对安好了十年——我最留恋的一段家的岁月。

妈妈最后一次发病时，外婆刚过了八十岁，她不相信妈妈会走，和我们一道忙着伺候妈妈，每天念一百遍菩萨。这期间，大婆婆在家不慎跌了一跤，当天离世。妈妈去奔丧，哭喊出：“我的亲妈……”回来带病把自己关在房中，静静流泪——不久，病情再度恶化，被送进医院。病中，她拉住外婆的手：“我要走在你前面了，就怕将来家里来了新的人，你会受气。你要忍着些——我好丢不下……”外婆泪如雨下，哆嗦着：“不会，不会，我的儿！”

妈妈还是走了。她的生命以哮喘引起的心衰收梢——那冥冥中种下的病根。外婆哭倒在地。一个原本康健的老太太一下子枯弱了很多——我再次感到命运的残忍，却恨无恨处。爸爸再婚时，她又哭了，一个人走出屋子，严冬的风吹乱了她的头发，贴在脸上，和泪湿。我和姐姐出去陪她一道坐着，看风里的落叶刮过来刮过去，在地上欲去还留，似乎想说什么又什么都说不出。没有妈妈的日子真是冷。

今年外婆八十三，她对我说：“‘八十三，不死鬼来搀。’搀去了也好，我就可以见到你妈、你外公还有你大婆婆了。”我哀伤而平静：“一定能见到吗？”外婆淡笑了一下：“当然能。我活着没有办法，死了还有谁能拦住我？”我再也忍不住了，眼泪夺眶而出——一向认为死亡是最绝情的东西，它使一切都归于结束，对于外婆，它却是另一种与亲人相聚生活的开始——我感到伤痛，也感到解脱。

（摘自《读者》2004 年第 4 期）

那些“没用”的付出

古　典

有段时间，我和太太很喜欢打台球，我们两个人都打得不好，但是在台球厅一边打球一边聊天，是件比在空气污浊的街道上散步更好的饭后运动。

就是在一次这样的饭后运动中，无意间，我们聊到了父亲，妻子问：“为什么你爸爸去深圳那么早，却没有把事业做得很好？我看你爸爸的老同事都还不错的。”

退休前，我的父亲是一家机械公司研究所的所长，他是个非常专业细致的机械高工，在深圳退休工资不算高，收入不如在民企做经理的我妈妈。

我告诉妻子，在我初中升高中的那一年，爸爸曾当过公司发展部主任。当年很多在内地无法运作的项目，都在深圳特区进行，发展部则是谈商务合作的部门，毫无疑问是个肥差。爸爸走马上任，做了半年，他发现自己有两大不适应：第一是平时总是需要出差，第二是在家的时候应酬多，很多人过来拜访送礼。我小时候是“人来疯”，一有人来，我就不好好做作业。而那一年，我上初三了。

作为孩子，我不知道爸爸是再三思量还是轻轻松松做了这个对他事业发展非常重要的决定——他向公司提出换岗，成了公司研究所所长。从此他不再出差。那个学期的晚上，我们家关上大灯，不开电视，拉上窗帘，躲开所有希望来坐一会儿的同事。我在客厅借着应急灯的灯光看书，而他们则在阳台小声聊天，偶尔过来摸摸我的头和背，送来一碗水果。那是我童年最温暖的记忆。

太太有点奇怪地打断："有人来，你爸爸可以让你在房间里面学习啊，而且那个时候你又不需要你爸辅导功课，他完全没有必要在家——其实我觉得这个牺牲对你考上高中没有什么用。"

我瞄准一个绿球，呼出一口气，推出一杆，说："你这么一说，好像的确没什么用。但是从那以后，我们家的每个人都更加信任对方。年龄越大，我就越了解父亲的牺牲有多大，我们就越知道对方能为这个家付出些什么，这让我们家人这么多年来，虽然有很多冲突，但是一直很幸福。"

她点点头，没说什么，我们继续打了下去。

一直到晚上临睡的时候，她才突然说："我想起自己家里的很多事，突然明白，原来在我的家里，缺的就是这么些没用的付出。"

说完这句话，她哭了。

高度在很多时候可以转化为宽度、温度，效果却不会马上显现。信任会存入账户，在很多年后，酿成美酒。

而一件事情有用没用，也许只有时间与生命知道。

（摘自《读者》2015 年第 13 期）

孩子的欢喜

郑彦英

应该是在 1966 年，我上高小，暑假的时候，咸阳北塬上的马庄逢集，母亲给了我两毛钱，叫我带三个弟弟到集上逛逛，顺便买一斤盐。

一到集上，小弟弟就兴奋地指着吃食摊子嚷嚷：“油糕，麻糖，还有馄饨。哥，妈不是给你钱了吗！”

我一声喝住了：“还要买盐呢！一斤盐两毛钱，能吃半年。一碗馄饨两毛钱，一吧嗒嘴就没了！”

小弟弟没敢再吭声，二弟和三弟见我瞪眼，也都噤了声。

集市东头是百货店，那里卖盐，但是要到那里，必须穿过叫卖各种吃食的街道。我就在街道上走得很快，唯恐哪个弟弟被什么美食勾住了。当然最担心的还是我的小弟弟，就拉着他的手走，没想到他走到一个炒凉粉摊跟前，猛然挣脱我的手，坐在凉粉摊前的条凳上。

二弟和三弟都看着我，其实我也被炒凉粉那特别的香味馋得直咽口水，但我还是去拉小弟弟：“走，买盐去。”

小弟弟不走，死犟着坐在凉粉摊子前，我把他提起来，他又坐下去，如一摊泥。

凉粉摊的师傅很懂公关，知道我主事，就不看我，有意大声叫卖：“吃一口能解一年馋，才五分钱一盘!”说着就开始炒，油在鏊子里发出吱啦吱啦的声音，引得我肚子里的馋虫乱爬。

我不再吭气，心里盘算着，吃一盘凉粉，就要少称二两半的盐！于是我吼：“走，不走不要你了!”

但是我吓不倒他，小弟弟铁了心，他硬着头皮死坐着，不看我。

我实在没法子了，捏着口袋里的两毛钱，转过身，背对着三个弟弟和凉粉摊子。但是，炒凉粉师傅的每一个动作，我都听得清清楚楚，特别是炒到最后，铲锅底那一层黄灿灿的凉粉锅巴的时候，师傅有意铲得浅，铲得慢，一下一下地，引诱着一街的人。

凉粉铲到盘子里了，筷子重重地放到矮桌上，随后，放凉粉盘子的咯噔声响在小弟弟的面前。

我还是不转身，我知道三个弟弟这时候肯定都看着我，等我发话。

二弟拽拽我的衣服，小声地叫：“哥!”三弟见我不吭声，走到我面前，怯怯地看着我。我低下头，深深地吸了一口气。

这时候小弟弟说话了：“哥，闻着把人香死咧，我只吃一口，剩下的你们三个吃。”

小弟弟这一句话后来感动了我几十年。当我转过身来的时候，看见小弟弟眼巴巴地看着我，我软软地说了一句：“吃吧。”他立即笑了，拿起筷子，却只夹了小小一点，放到嘴里，没敢嚼，似乎在等着凉粉化在嘴里，等到咽的时候，声音却很大，我知道那是和着口水咽下去的。

小弟弟站起来，把筷子递给我，真诚地说：“哥，好吃得不得了，里头还有豆瓣酱呢!”我说：“我不爱吃凉粉，你们三个吃。”说着把筷子递给二弟。

二弟和三弟推让着，一人吃了一口，又让我吃，我自然还是推。小弟弟夹起一筷子炒凉粉送到我的嘴边，那棕红的酱色，那飘忽的白色蒸汽，顿时攻破了我的所有防线。

我吃了，我有意咽得很快，却不张嘴，让那美味在嘴里回旋，同时把筷子递给小弟弟。

小弟弟又推，我便把凉粉在盘子里分成三堆，让他们一人吃一堆，然后把筷子咯噔往矮桌上一放，说："你们吃，我去付钱。"

我怎么也没有想到，三个弟弟吃了两堆，剩下一堆，让我吃，我问是谁没吃，二弟说是小弟弟没吃，留给我的。

我没有再说话，其实也就小小三块，我吃了一块，夹起两块，喂到小弟弟嘴里。

回到家里，母亲见我们弟兄四个满面红光，什么也没问，就招呼我们吃饭。我把盐袋放到盐罐子上，母亲掂了一下，笑着说："吃饭。"

从这天开始的几个月里，我总觉得饭菜的味道淡了，少放了盐。我悄悄地问几个弟弟，他们也说感觉出来了，不敢问。

多年以后，我问母亲那天掂出盐的重量了没，母亲笑着说："咋能掂不出来?"

我又问："你知道我们把钱花在啥地方了?"母亲笑笑说："五分钱买了四个娃的欢喜，还有比这便宜的事吗!"

（摘自《读者》2015 年第 17 期，有删节）

摘些山花给妈妈

盛可以

我妈结婚后极少离家，走一趟亲戚，也要连夜赶回。她不抽烟，不喝酒，不打牌，不凑堆说闲话，从来没有人给她写信，出大门散步都不超过100米。她的世界很小。灶台、菜园、田地、家禽家畜是她的朋友。见到她，鸡鸭鹅扑着翅膀欢呼，羊咩咩叫，猫狗围着她转。我们兄妹几个嗷嗷待哺，更是离不开她，日复一日地损耗她的生命与健康。我妈每有不舒服，家里丢不开手，总是忍着，或者找些草药偏方服用，用自己的方法打发疾病，从来不去医院。

我妈年近70，从前照顾外婆，后来照顾儿孙，自己从不让别人照顾。前不久感觉身体不适，她照旧忍着，最终高烧不止，入院抢救，身体检测出一堆毛病：高血压、心脏病、胃炎、肾炎……我妈不得不承认自己老了，连这些“小毛病”也扛不住了。

我妈住院，我没能回家，每天电话联系。第三天她精神好起来，听声音生龙活虎的，惦着我爸和我爷爷一日三餐没着落，家中还要照看，她说在医院像坐牢，憋得心慌，她要回家。离开家，她就像缺水的鱼，焦虑不安。

我每年仅在寒冷的春节回家，与家人聚少离多。我应该多回去，尤其是在春色烂漫的时节，摘些山花给妈妈。

（摘自《读者》2015 年第 9 期）

夜的尽头是家的灯光

马家越

我的父亲在河南开封长大。父亲一直在奋斗，考上了武大，来到武汉——一个全然陌生的城市。他在这里读书，工作，结婚，生了我。他的奋斗换来了一所理想的大学、一个合适的职业和一个幸福的家庭。这也许就是别人眼中我平凡的父亲——离家游子。他的心也许一半是黄河，一半是长江。

我仍记得，父亲那晚接我放学后没有带我回家，而是赶上一班火车，直奔开封。

父亲那时的表情，我从未读懂。

列车上，我们坐在窗边，父亲只是看着窗外，似乎想逃避什么。他只是告诉我，奶奶病危。话说得很慢，眼睛里似乎闪烁着什么，那不是眼泪，是一种难以言说的情感。他一定认为我当时无法理解他的心情。他是对的，那时的我的确太小，奶奶去世的消息传来时，我竟没有落下一滴眼泪。

长大了一点儿，我才明白，和自己深爱的人离别，心有多么痛。自己再也不能和她说话，再也不能久久地看着她的眸子，再也不能向她诉说自己的心事，想到这些，便潸然泪下。

对于父亲也是如此，造就自己、牵着自己长大的人走了，并且是永远地走了。

我一直单纯地认为这就是父亲全部的痛苦。

现在我知道，其中还夹杂着一丝恐慌，他也许明白，这个轮回，有一个人不能再陪他走了。他也许在奶奶身上看到了自己的影子，这都是我不愿说，也不愿了解的。

奶奶是中秋节去世的。几年之后的一个中秋节，我们刚搬进新房不久，父亲在奶奶的照片前点了一炷香，叫正躲在屋里做自己事情的我出来坐在他旁边。可之后他便不语了，只是静静地看着照片。我有点糊涂了，猜不出其中的意味，良久，父亲看着前方说："今后别再让你妈生气了。"

也许他在遗憾以前没有好好报答自己的母亲，现在没机会了。

不知道天下有没有人不想出去闯一番事业，然后衣锦还乡的。不知道衣锦还乡能不能弥补老人心中的寂寞。不知道最后的回家在终日的等待面前是否显得渺小。不知道天下有多少父母再也等不到儿女回家的那一天。谁会料到，自己一离家，也许再也不会回来。

可是，谁又能改变这一切？

也许母子之情在孩子小时候是最深的，因为那时孩子一无所有。

幸福的是，这些悲凉的事不曾光临我温暖的小窝，也没有在父母的家庭里徘徊，不知道我们这一代独生子女离家后，天下会生出多少老无所依的人。

我也明白，这个轮回终会由我来接下去。父亲那眼神中，也许还有责任。父亲的母亲已经将全部交给父亲，我明白有一天父亲也会将全部交给我，虽然我极不愿那一天到来。我也明白有一天我也会将全部交出去，虽然我不愿那一天到来。

那晚，我和父亲静静地坐在一起，我能感受到，他害怕失去的不只是他的母亲，还有他的孩子。他知道有一天他的孩子也会离家。

所以我努力和命运抗争，不要离家太远。可身体和身体间的距离总等于心和心的距离吗？我不懂。但我相信，没有身体的亲近，就不会有心的亲近。

父亲一直在弥补，他总是一有时间就回开封看看，谁不想念自己的故乡、自己的父母呢？父亲每年也都带我回开封，也许我的优秀正是老人心中的慰藉和幸福感的来源之一。

我在父母还未衰老的怀抱中，渐渐意识到，该轮到我了。

我的文章里总是有意识无意识地掺进很强的归属感，从磐石到蒹葭，从风到面朝烟雨的花。也许这正是我害怕失去的表现吧。

曾经空旷的校园让我懂得，不能依靠他人活命。的确，路要自己走，家要自己回。当你依靠着父母长大，走向独立后，再想回到那温暖的依靠是多么艰难。

（摘自《读者》2012 年第 11 期）

雪是最薄的玻璃

山 鬼

去年春节，我又没赶上回乡的火车。

加班加到年二十八，我只有骂老板冷血，急匆匆跑到万佳百货，买了一大堆食品，赶到广州。广州火车站上已经挤满了人，加上大大小小的包裹，整个广场像个大的垃圾场。我被推来推去，好不容易找到售票处，小铁窗早就放下了。票贩子在我身边晃来晃去，一张普通的硬座票已被炒到了 800 元一张。谁想在今天搭上火车，简直是白日做梦。

我一个月工资也不过二千余元，800 元的车票，实在让我承受不了。我大骂倒霉，一边打电话给家里，说准备年三十搭车，看样子只能在车上过年了，我提早向他们拜年，祝大家新年好！

在街上闲逛，找了间旅馆，订了房，给了 30 块钱的手续费，订了一张年三十晚上返杭州的火车票。

年三十傍晚，广州火车站的广场突然间静了下来。满地的纸屑、垃圾瓶、吃剩的水果皮、白色的泡沫饭盒……几个清扫工没精打采地挥舞着扫把。

时间还早，我买了份报纸，走向车厢。

车厢里没人，我选了一个靠窗的位置坐下。看着书，不久就开车了。

不知到了哪个小站，上来一个农民模样的人，牵着个小女孩，对着车票仔细对看座号，辨认清楚了，他们才坐下。整个车厢其实没几个人，你想坐哪都行。一看就知，他们是不常坐车的。

那个男人四五十岁的样子，很像个农民，灰黄的脸、很深的皱纹，只是他的手不是又粗又大，他有一双又干又细的手。那个女孩的脸也是灰黄的，土头土脑的样子，谈不上好看，只是那双黑眼睛就像灰烬里的火星，一闪一闪的。

他们坐在我对面。男人坐下去时，半哈着腰，发出一声短促的笑声，好像说："打搅了!"

这一路肯定无聊透了，你别想着找一个志同道合的同伴在火车上玩牌了，我继续看我的书。

晚上，餐车送了一次面条，黏糊糊的，看着都没胃口。

我拿出上车前买的江南酱鸭，还有一包面包，要了一瓶啤酒，准备凑合着吃一顿年夜饭。

我请对面的一起吃。男人忙摆着手，说不吃，不吃。

我看见那个女孩看着面包，咽了一下口水。

我递过去一块面包，又撕了一只大鸭翅，笑着说："吃吧，都过年了，客气啥!"

我又拿出花生米、凤爪几样下酒菜，索性大家喝个痛快。

我边吃边问："你们回家过年?"

"嗯……不，小孩子没坐过火车，带她坐火车。"

"喔。"我嘴里应着，心里想中国还有这么浪漫的农民。

没怎么说话，饭很快吃完了，酒也喝光了。男人收拾桌上的碎骨。小女孩突然问我：“叔叔，你看见过雪吗?”

“见过，白的，有的人说像糖，有的人说像盐……”

“您给我说说吧，说说吧。”

说着话，我想去洗手间。

路过洗手池旁的过道，我看见那个男人抱着头，蹲在地上。

哭泣。我听到压抑的哭泣声。

在男人断断续续的哭泣中，我听到那女孩的故事。母亲在她 4 岁时去世了，9 岁时她得了白血病，到今天已经拖了四年，医生说今年可能是她的最后一个春节了。爸爸问她想要啥，她说只想看看雪，生长在广东偏僻的山区，她从来没有见到过雪。她生病前读的最后一篇课文是《济南的冬天》，在她脑海中不断地想象着真正的冬天的模样。她想翻过家乡的这座大山，看看山那边下雪是什么模样。

这个一贫如洗的父亲在大年三十晚上和她一起坐火车准备看雪。坐着这趟车去，坐着当晚回程的车回，再也没有多余的钱去住旅店、在车上吃饭了。临走前，他们听了天气预报，说杭州今夜有一场大雪。我无法想象在这样一张黄灰皮肤的脸庞下有这样一颗细腻的心。

我走到座位旁，给小女孩耐心地讲起下雪时的种种趣事。

到站了，杭州很冷，风很大，却没有雪。

我拿了三百块钱给他，他死活不要。我留了一堆食品给他们。

他们送我上了从杭州回新安江的中巴，在车旁拼命摇着手。

在回乡的时候，最怕碰上风雪天，而我希望今天，赶快下雪，下得越大越好。

一天无雪。

一夜无雪。

初三的晚上，一家人坐在火炉旁吃火锅。

我突然说了声：“下雪了。”

家人愣了一下：“你怎么知道，是下雪了吗?”

我没出声，径直走向窗边，拉开窗帘——

雪像细小的雨丝一样轻轻地落下，细细的，轻微的，那些声音像很薄的玻璃破碎时发出的极小的声音……

渐渐地，变成大片大片的雪花，顷刻间给大地掩上了一层被子，被子下熟睡着一个个善良而又苦难的灵魂，那些雪花飘下来的样子，就像怕惊醒他们似的……

（摘自《读者》2000年第10期）

母爱一滴就是海

杨汉光

我和妹妹每年都要回老家帮母亲割稻谷，母亲总是让妹妹在屋里烧水煮饭，不让她下田。我问母亲："你怎么年年不让妹妹下田?"母亲说："太阳太厉害，你妹妹受不了。"我说："我下田太阳就不厉害了？"母亲说："别多嘴，快走。"

割完稻谷，母亲就装花生给我和妹妹，让我们带回城里吃。她给妹妹装了满满的一袋，给我装的却只有小半袋。我赌气说："妈，你给妹妹那么多，给我这么少，太偏心。我不要了。"母亲不高兴地说："你不要处处跟你妹妹比，好吗?"

我真的没要花生，空着两手回城。母亲见我空着手，就叫我帮妹妹扛花生，她说妹妹力气小，我力气大。妹妹长得小巧玲珑，扛一大袋花生确实吃力，但我死活不肯帮她。母亲心疼妹妹，亲自把花生扛到肩上。

我和妹妹回城先要坐渡船，然后再坐车。母亲决意送妹妹到公路边，这样就和我们同船过渡。渡船很小，在茫茫的江面上如一片树叶。老艄公在船头撑船，母亲和妹妹坐在船中央。我不愿跟她们在一起，就独自坐在船尾。

小船在波浪中摇摆，母亲叫我往中间挪一挪，说坐在船尾危险。我说："掉下去还好，反正我不招人喜爱。"正说着，一个大浪打来，小船猛烈摇动，我真的"扑通"一声掉到了水里。我不会游泳，在波浪中挣扎沉浮，呼喊救命。

船上立刻有个人纵身跳下来，我以为是老艄公，可那人凌空一跃的瞬间，分明飘起长长的乱发，还有笨拙的姿势，我认出那是母亲。母亲比我更不会游泳，一落水就往下沉，但她竟然能在水里托了我一把。借助母亲托举的力量，我浮出水面抓住了船边。我得救了，可江面上已经不见母亲的踪影。我对老艄公大叫："快救我妈，我给你钱！"经验丰富的老艄公迅速跳下水，两三下就救起了母亲。

母亲喝了一肚子水，伏在船上吐了半天才缓过气来。我难过地问："妈，你不会游水，为什么要救我？不怕被淹死吗？"母亲抚摸着我的脸说："傻孩子，就算淹死妈，也不能淹死你呀！"我羞愧得泪流满面。

往后的日子，母亲依然处处偏爱妹妹，但我已没有一句怨言，因为我知道，母亲爱我已经胜过爱她的生命。一滴母爱，就是大海。

（摘自《读者》2004年第6期）

家　常

杨绍武

朋友打电话来，约我下午见面。

我不假思索地说不行。

他说，你就这么干脆，请你喝茶、吃饭，你以为你是谁啊！

我说今天星期日。

他说，哦，我忘了，那好吧。

星期日是我回父母家的日子。从我 1986 年回到西安后，每个星期日我都回去。这么多年了，这似乎已经成为一个习惯。所谓习惯就是一种自然而然的行为动作，不需要经过思考就会做的事情。平日你有事情或者他们有事情需要回家，那不算数，那是因为事情。而星期日回家是没有任何事情的，就是回家。

回家的时候，他们不需要你为家里买任何东西。他们的生活极其简单，平日里的食品就是粗茶淡饭加上蔬菜水果，唯一的营养品就是每天定量的牛奶。日常的精神生活，父亲是看报纸，母亲是看电视。近些年来，他们又迷上了书法。阳台上日渐增高的报纸，涂满了我母亲歪歪扭扭的毛笔字。

开始我回家总是要买些东西的，比如平日里他们不舍得吃的穿的或者当今流行时尚的家庭日用品。后来我发现，他们把这些东西都分类处理了：吃的送给了到家里来的小孩子，穿的都送给了亲戚朋友，而那些时尚用品依然摆在那里，他们不用。什么洗手液、洗面奶、漱口液、压力水壶等，用我母亲的话说，那是洋气东西，你们回来用吧。他们用肥皂洗手，香皂洗脸，吃完饭后用不挤牙膏的牙刷刷牙，他们喝的开水，永远都是自己烧开后再灌到那种老式的铁皮保温瓶里的水。

后来我理解了，不是他们舍不得，不是他们土气，而是因为他们习惯那样了，要革除和改变一种原有的习惯，对他们来说几乎是不可能的事情。况且，他们的习惯除了老派、不时尚，并不影响他们的身体健康和精神健康。他们从来没有奢侈过，自然也想不通：一个物品，如果没有用坏，怎么能像扔垃圾一样扔掉呢？

我也带着他们到西安市的酒店饭馆里去吃饭，当然他们也很高兴。在装修漂亮豪华的大酒楼，有热情周到程式化的服务，听起来和看起来永远比吃起来更好的菜肴。但他们吃完之后说，真没必要，又不是外人，花那么多钱，太可惜了，再不出来了。

我是想让他们高兴，但还是给他们增加了不安。

每个星期日，他们会买好菜，洗好、切好等我。在大概我快回去的时间里，我母亲，有时候是我父亲，他们总会有一个人站在大门口转悠着。我知道是在等我。

我故意问，站在这里干什么？

他或者她也总是装作若无其事地说，转转。

他们是属于那种老派的不善表达的老人，他们永远不会说他们在想念你，他们在等待你回家。他们不说，他们只做。

星期日下午回到家，一般是由我来做饭。我会做得比他们平时复杂和丰富。我喜欢做好之后看着他们吃。看着他们吃饭，我总会想起我小的时候，我和我的哥哥姐姐四人坐成一排，我母亲给我们喂红糖水的情景：由大到小，一人一勺，轮到我，母亲总是要吹一下才喂。我最小，可能是怕把我烫了。

俗话说，萝卜青菜各有所爱，到了眼下，他们最喜欢吃的蔬菜也就是萝卜青菜了，对我母亲还应该加上土豆。他们说，那些菜是看家菜，好吃易消化。

吃完饭，收拾完毕，我们就坐在客厅说话。

有时候我母亲会把她写的书法作品向我展示。

我说写得好。

她还问，比你爸爸写得怎样？

我说比他写得好。

这时她会对我父亲说，看，不是我吹吧？孩子都说比你写得好。

这时，我父亲就不吭声。

在我母亲心中，只要比我父亲写得好就算没有白写。

我不知道别人的星期天是怎样度过的，十几年来，只要没有开会、出差或其他特殊事情，我总是这样的。我没有想得太多，我只是感到他们精神上需要我。和他们在一起，吃着他们喜欢的我也喜欢的粗茶淡饭，陪他们说着我完全不用思考的家常话，真是一种轻松。

从此我悟到：家常乃人间真味。

（摘自《读者》2004 年第 7 期）

十指连心

芃　然

父母养育了我们兄弟姐妹四人。小时候尽管家里生活拮据，可是父母总是让我们吃得饱穿得暖，同学和邻居都羡慕我们。

可我们总是抱怨父母偏心。暑假的一天，我们又斗了起来。姐姐不满地咕哝着父母只爱三个弟妹，老二哭哭啼啼地抗议爸妈只疼老三和老四，小弟跳起来叫嚷："我最倒霉，总穿旧衣服！瞧，这裤子明显是女式改的，我才不傻呢！"我更是委屈万分："哥哥是长孙有奶奶宠，姐姐能干有爸爸爱，小弟最小，自然是妈妈的心肝，就我夹在中间没人疼！"

我们常常为此争吵，这令父母很为难。

有一天，妈妈切菜时不小心伤到指头，伤口很深，血直涌。我吓得捂着眼睛，小弟吓呆了，哥哥和姐姐拿来纱布，手忙脚乱地把妈妈的手指包扎起来。不断渗出的血把纱布都染红了，妈妈疼得咬着嘴唇。

"妈妈，很疼吧？"我小心地问道。

“十指连心，能不疼吗？”妈妈说，“你们四个孩子就像我的手指，不论伤到哪一个，我都会心疼得要命呀！”

望着妈妈仍在流血的手指，我们全愣了。那时，我恍然明白了，在亲情世界里，每一个孩子都是父母的心头肉，都是父母的手指头，忽视了哪一处，父母都会感到疼的，而那疼，正是最亲最爱的骨肉之情。

（摘自《读者》2004 年第 12 期）

最后的早餐

妞 妞

1

2012 年 7 月，山东临沂，一场大雨。

雨是在晚上 9 点多下起来的，彼时，我刚刚自医院回到住处，关上门后，听见雨打窗棂的声音。几分钟后，暴雨如注。

一整晚，雨滴和雨滴之间便再也没有了任何间隔，那种声音的紧密，在某个瞬间，带给我几乎无声的错觉。

整夜未眠，期待着它可以停下来，在天亮之前。

终究是未能如愿。4 点半，雨势似乎渐弱。我去厨房，用微波炉熟练地蒸了 3 只鸡蛋。蒸好后，倒入保温桶，在上面撒了厚厚一层白糖。

平常，是 6 点钟准时把鸡蛋蒸好，6 点一刻出门。但这样的天气，无法借助任何交通工具，只能步行，所以，要早早出发。

换好衣服——T 恤和短裤，平底凉鞋，为简捷方便。然后把保温桶放入斜挎的背包，挂在左肩，右手撑起一把伞，5 点钟准时出门——计算了一下路程，步行一个半小时应该足够。

下到一楼的时候，看到楼道里涌进的积水，踩过去，推开楼道的铁门，整个小区已是一片汪洋。

往前，积水顷刻没过了小腿。

2

蹚着水走出小区。这个城市东高西低，小区在中央的位置，街道已犹如湍急的河流，水自东向西，急速地奔涌。街道两旁的门面房，齐齐陷在河流里。

简单目测，水深至少半米。

试探着踏进水流，水面立刻没过膝盖，到了大腿的位置，打湿了短裤的裤边。街灯昏暗，除了雨幕中灰蒙蒙的建筑物和这条漫长不见尽头的河流，没有车辆和行人，没有任何其他声音。

我必须逆水前行。

走到第一个十字路口，八一路口，用去大约半个小时的时间。天色已微亮，那种被阴暗笼罩的光线，依然让人觉得沉闷和压抑。

看着没有尽头的四下涌动的水流，心底忽然生出深深的恐惧，若是哪一处有丢失了盖子的窨井，一脚跌进去，恐怕很久不会有人知道也不会有人寻到吧？

陡生的念头让我的身体开始在水中打战。但也只是那么一刹那，我便将这个念头抛掉，继续前行。

短裤已经完全湿透，深处的水已至腰部，湍急处，水流和身体撞击后会泛起水花打到T恤上，我尽量抬高左肩，不让雨水打到保温桶上——虽然知道无碍，潜意识里，还是怕会把鸡蛋羹弄凉。

3

过了八一路，继续向东，挪到沂蒙路的时候，也终于到了地势略高处，水流依旧湍急，但水深明显下降，露出了膝盖。

看了看时间，已经6点半，也终于看到同我一样在这样的天气里出行的三两个人，撑着伞蹚着水艰难前行。

沿沂蒙路向东，走了几百米后，在市政府的门口，远远看到有保安站在路边。快走近时，他边比画边冲我喊，两米之外有台阶，留神别摔倒。

我放慢脚步，小心试探前移，果然探到一个略高的台阶。

小心迈下去，路过他身边时，他说已经站了一早上，生怕有行人在大门外这一左一右两个高台阶处出意外。“还好，一早上也没过几个人，”他问我，“姑娘，这样的天不在家待着，出来干吗呀？单位放假，学校停课。”

我笑笑，没有答，只是谢过他，继续朝前走，并用力加快了在水中的脚步。

终于到达东端的沂州路，到达这个城市的高处，终于看到了路面。行人也渐多，看看时间，已是7点钟。两公里的路程，我走了整整两个小时。

这时，雨已经彻底停了。收起伞，我开始下意识奔跑。皮凉鞋在脚上觉得很重，跑了几步我把它们脱下来，和手中的伞一起丢掉。也不知道还有谁记得那天早上，临沂市的沂州路上，一个女子穿着湿漉漉的T恤和短裤，光着脚，抱着一个保温桶在被雨水冲刷过的柏油路上奔跑。

4

终于在 15 分钟后，我跑到了目的地——临沂市人民医院。在呼吸科二楼的住院部，右转第一个病房，我冲进去时，一屋子的病人、病人家属及换药的护士，全都愕然地看着我。

我望向靠近窗边的位置，哥哥正用毛巾给父亲擦手。然后哥哥也看到我，那么不动声色、沉得住气的男人，眼睛一下就湿了。

他转开身去。

我抱着保温桶走到病床边，喊了一声，爸。

父亲看着我笑起来。没有愕然，没有惊异，甚至没有说我浑身湿透的狼狈。他的脸上，只有笑容，虚弱到极限的笑容。然后，他轻声问我，放糖了吧?

放了，放了很多，保证甜。我拉过凳子坐在床边，打开保温桶。两个多小时后，嫩嫩的鸡蛋羹依然发出暖暖的热气。可以嗅到味道的香甜。

我一勺一勺盛起蛋羹，慢慢喂给父亲吃。

甜吗?

他点点头。好吃。他边吃边笑。

一下子，我如释重负，此时才感觉腿上和脚上有几处尖锐地痛起来。低头，看到腿上、脚踝处和脚背不知被什么划出了清晰的血印。然后，浑身力气耗尽般地疲惫到整个人几乎瘫软。

那个夏天，短短一个月的时间，我的体重从 53 公斤降到 45 公斤。但是，这一场艰难的“跋山涉水”，我竟然丝毫没有觉得累，前行的力量满满的。

直到这一刻。

我累了。

父亲似乎也是，吃了几口之后，缓缓地摇了摇头。

5

那是父亲入院的第39天，他已经虚弱到除了微笑，连挪动身体的力气都不再有。那段时间，每天早上，他只吃蒸的鸡蛋羹，并且，要放很多糖。他只要吃甜的。

于是每天早上，我早早把蒸好的鸡蛋羹送到医院，6点半左右，喂给他吃。

那是父亲一天中最重要的一顿饭，因为吃饭对他来说，已经非常艰难，每次吞咽，都会影响到他的心律和呼吸，一顿饭，要用去很长很长时间。所以这一顿早餐，这碗甜鸡蛋羹，重要性已超过任何昂贵的药物，是它们的能量，在延续着父亲最后的生命。

所以，这一顿早餐，值得我付出一切来送达。

这一次，父亲却没有能够吃完这一小碗鸡蛋羹，尽管他说“好吃”。

然后，父亲亦无法再进水和说话。两个小时后，他陷入昏迷。

当天下午，在被接回家20分钟后，父亲去世。

那场下在他生命中的最后一场雨，新闻里说，60年不遇；那顿他最后的早餐，跟着我在雨水里跋涉了两个多小时的鸡蛋羹，是甜的。他说，很甜。

很多年前，奶奶说过，一个人最后吃的东西是什么味道，下辈子过的，就是什么日子。

所以，老家有风俗，人过世之前，弥留之际，亲人会放一口白糖在他口中。

那么，冥冥之中，我是预感到这是父亲的最后一顿饭吗？所以才不顾一切地，要在这个雨水淹没城市的早上，赶到他身边，给他送这一碗甜鸡蛋羹？而他，耗尽最后的心力一直等到了我，等我来完成做女儿的最后使命。

这是他和我，一对父女，从没有过任何约定的一场人生最重要的约会。还好，我们都没有爽约。

（摘自《读者》2013年第23期，有删节）

爱的表达方式

Ygbbok

我在广州接受潜能培训时，老师出了一个题目：《爱的表达方式》，要求我们每人说一种，但不能重复。

答案五花八门，有的说可以用宽容来表达；有的说用鲜花和语言来表达；有的说痛苦一个人承受，快乐两个人分享，这就是爱的最好的表达方式……

轮到东北一个叫秦依的女孩时，她给我们讲了一个故事：

有一对年轻夫妇，都是生物学家，很恩爱，经常一起深入原始森林考察。

有一天，他们像往常一样钻进了森林，可当他们爬过那块熟悉的山坡时，顿时僵住了——一只老虎正对着他们。他们没带猎枪，逃跑也不可能了。

他们脸色苍白，一动不动。老虎也站着。僵持了几分钟时间，老虎朝他们走来，继而开始小跑，然后越跑越快。就在这时，那个男的突然喊了一声，然后自顾自地飞快跑开了。奇怪的是，快跑到那女的面前的老虎也突然改变了方向，朝那男的追了过去。随后那边就传来了惨叫声，而女的却平安地逃了回来。

这时候，几乎所有的人都说了声“活该”。也就在这时候，秦依问我们知不知道那男的喊的是什么。我们几十个学员，大致给出了两种答案。一是：老婆，对不起啊！二是：赶快逃，逃一个算一个。

秦依说，“错了！那个男的对他的妻子喊的是：‘照顾好依依，好好活下去！’”秦依的脸上已经挂满了泪水，面对着大家的惊愕和不解，她接着说道，“在那种情况下，老虎绝对只会攻击逃跑的人，这是老虎的特性。”秦依最后说：“在最危险的时刻，我爸爸一个人跑开了，但他用这种方式表达了对我妈妈最真挚的爱……”

教室里沉寂了一会儿，接着响起了掌声。

（摘自《读者》2004 年第 24 期）

一封微信家书

静静爸

静静：

你用快递发来的大手机我们收到了，在你表妹的指导下，我们也学会用微信了。

现在我和你妈凑在咱家书桌前，商量着在微信里打字给你说话。你上大学的时候，还往家里写过几封信，那些信我们都存着，没事就拿出来反复看。现在变成电子信，更方便啦！

这几天，我们偷看了你发到朋友圈的信息，给每一条都点了赞，你都收到了吧？你妈看着你的朋友圈，把你的每张照片都存到手机里了，你妈看得一会儿哭一会儿笑的。静啊，我们是你的亲爹亲娘，但上了微信才知道，对你的了解还没有“朋友圈”多。这几年，你在北京闯荡，工作辛苦，男朋友也没正经谈，我们老嫌你不给家里来电话，不多回来看看，过年回家不积极，直到现在才知道，我们的闺女太辛苦了！爸妈真的是老了，脱离社会了，不知道现在的白领，夜里 12 点以后吃饭加班是正常事儿。也不知道娱乐圈有啥事儿发生了，比如那个大明星结婚，还把你们忙得团团转，通宵干。

你在朋友圈发布的内容，我和你妈认真学习了 5 遍——超过 150 条是半夜 12 点以后发的，你睡得太晚，爹妈心疼；30 条是有关你工作单位的信息，我们看得半懂不懂；50 条是跟同事聚餐或者周末去忙活公事；还有 20 条，是表达你的心情，但没有一条能看出你有谈恋爱的迹象。看到你把去郊区爬个山也叫“一场说走就走的旅行”，我和你妈又笑又想哭——爬山遛弯，这不是我和你妈天天干的事儿吗？闺女，我们错了，我们天天在家闲着，还要求你这个大忙人惦记我们，给我们打电话，要求你去相对象、赶紧结婚，让我们抱孙子，爸爸妈妈做得不对！我们现在什么都不要求了，只要你好好的，身体健康，别睡太晚，工作别累着就行！

说到这，我们要告诉你一个重大决定：今年过年，我们要请假——我和你妈不跟你过年了！以前是你跟我们请假不回家，这一次，我们老两口也来造回反，春节不在家过了。

你也许不知道，爱读书、爱幻想，喜欢旅游，你的这些特点，完全就是你妈的翻版啊。你看到的老妈，一直都围着锅台转，可是当年我俩谈恋爱时，你妈可是厂子里最会写文章的文艺标兵，包包里总放着一本三毛的游记，还在上面勾勾画画的。我俩结婚时，你妈很早就计划来个时髦的旅行结婚，去大上海玩一趟。但是那年头家里底子薄，爷爷又生病，你妈就主动放弃了。那本她最喜欢的《老上海风情之旅》，一直压在她的枕边，她翻了很多很多遍。后来，你出生了，咱们这个小家就开始围着你转，忙忙碌碌的，一眨眼几十年过去了。你在朋友圈里发的各种旅游内容，你妈妈都如数家珍，有时忍不住还会和我描述。老爸听着心里很不是个滋味啊，欠她的太多。今年春节，我们老头老太也来一场你们年轻人流行的“说走就走的旅行”。

静静，不知不觉又啰唆了这么多，不知道这么多字微信能发出去不，最后老爸再说一句：爸妈以后不催你找对象了，你也别再因为这不接爸妈的电话。你妈说，过去半年你在朋友圈里提到西藏不下 20 次，还在朋友圈约好了朋友过完年一起去。到时候，说不定咱们可以在布达拉宫相遇，但是你放心，我们俩不去打扰你，不拖你的后腿。往后这几十年，爸爸保证，我和你妈一定互相照应着多去走走看看。你妈妈的旅行梦，我来实现。

爱你的老爸老妈，静静永远的粉丝

（摘自《读者》2015 年第 4 期）

爸妈加我微信了

秦雨晨

自己的爸妈能跟上潮流使用最先进的沟通交流方式，本是件很潮的事儿。但问题也随之来了——很多经常使用微信，并且通讯录上有自己爸妈的年轻小伙伴都有这样的烦恼：如何在微信上与父母和谐共处？

微信朋友圈是一个熟人社群，除了你的闺密、铁磁儿，还有爸妈和七大姑八大姨，他们喜欢传播、分享的东西一定是养生篇或者鸡汤文：《14 个值得推荐的个人提升方法》《一位母亲在女儿婚宴上的讲话分享》……年轻人的生活状态则完全不同，我们喜欢吐槽生活中发生的任何一件小事，喜欢在网络社群抒发私密的情感，喜欢上传各种食物照，喜欢通过在个人主页发布能代表自己的各种有趣内容来构建自己的形象。吐槽往往只是吐槽而已，它只是一个瞬息即逝的小情绪，而这些小情绪、小火花如果被爸妈发现就完全变了性质，他们对于年轻人的日常吐槽经常反应过激，以为你一定、肯定、毋庸置疑发生了什么大悲大喜，所以必须得弄个明白并且指引你走上正确积极的人生道路……

这样的烦恼我也遇到过，不同的是在使用新兴媒体上，我的爸妈总是走在我的前面，尤其是我爸。自从互联网在中国时兴起来，我爸就从来没有落下过，他总能第一时间去搞明白那些最流行的社交媒体怎么玩。所以我爸是我们家三口人里最早成为“微博控”的人：每天睡觉前一定得刷一会儿微博，否则睡不香。

不久之后我终于也开始使用微博，我爸毫不犹豫地与我互粉了，从此之后他每天刷完微博后，还要点开我的主页观察一下我的动态。微博密友功能开通之后，我爸比我更早地发现了这一新功能，立刻“邀请我为密友”，但那会儿我还没有搞明白那是个什么东西呢。

于是这样的对话开始经常出现：

“你老 @ 的那个王小 X 是谁？男的女的?”

“微博上那个赵小 X 是你的好朋友吗？太没水准了，老说脏话。”

“你考试走错教室了也好意思发微博！简直不害臊!”

“你发的那是什么画儿啊，裸体的，难看死了，删了删了!”

……

这简直是历史噩梦在重演，自从我开始使用网络，我爸就一直在秘密开展间谍工作。我上初中的时候，我爸曾默默找到了我的 QQ 空间，把里面的青春期多愁善感小酸文从头到尾仔仔细细地看了一遍，还在吃晚饭的时候念了一段我文章里的抒情句子。我当时愤怒无比，我爸则喜滋滋地觉得自己这一“侮辱”人的举动非常顽皮有趣。我妈也时常遭遇这样的事情，可是对此我们俩都无能为力。跟我爸讲“个人隐私”这个东西，真的是毫无意义。

从记事起我就知道，跟我爸讲道理是一种吃力不讨好的事儿，他就是真理的化身，掌管全天下所有的道理，你不同意他就是不同意真理，所以我不可能跟他说：你不要去看我的空间，我有个人隐私。于是我毅然罢笔，从此关闭了 QQ 空间。高中时校内网正时兴，我爸给自己申请了一个名为“游翼诗”（有意思）的账号，跑来加我，未果，在家叨叨了一个星期：“你为什么不加游翼诗？多有意思啊！”

再到后来，我爸又发现了我的豆瓣地址，经常上去翻看我的相册了解近况，还批评我写的影评里有错别字，当然有时候也夸我写的书评不错。我并不是不愿意和父母分享写的东西，只是我也需要一点个人空间来放置一些不愿意被看到和评论的幼稚无理的感情。

从微博密友功能开通之后，我从来没有发过一条密友微博，我的微博上也鲜有表达个人情感的内容，所以如果你打开我的微博，会觉得这是一个早睡早起、生活零烦恼、喜爱艺术、充满正能量的文艺女大学生。

现在是微信的时代。“微信的出现使得人们的通讯方式发生了巨变”这种话就不需要说了，总之我爸也在第一时间用上了微信。起初我们用便捷而功能丰富的微信交流得很愉快，直到有一天我画了个蓝头发的裸体小女孩，并换作自己的微信头像，我爸十分严肃而简短地发来命令：“头像丑，换。”

那一刻我想要大声疾呼：我又不是把我自己的裸照当头像，至于吗？但是我还是乖乖地妥协了：我把图片的身体部分截了，只剩一个长着忧伤的脸和纤细的脖颈、看起来十分无奈的蓝头发小人。

后来随着微信朋友圈的流行，我们全家人都转移了阵地。我和所有互联网时代的孩子一样，喜欢分享点儿契合个人风格的照片，再配点文字表达心情刷存在感。我爸也是朋友圈的活跃分子，他总是攒着一堆无厘头搞笑图片，然后配上一句很逗的解说发出去，他觉得自己发的东西幽默到了极致，简直妙极。

由于微信里有我爸妈还有七大姑八大姨，所以我发东西的时候总是有诸多顾虑，但是仍然会有失算的时候。一次我发了一条状态：“我家猫发情了！”小伙伴们都来点“赞”，结果回家我就被我妈数落了一顿，她说：“哪有女孩这么说话的！不检点，不像话。”爸妈开始对我各种看不惯：分享的画儿太前卫，发的状态里居然有脏字……最重要的是——你还对这一切都不以为然！

可是事实上，我确实对此毫无意识，也无悔意……我在面对我爸妈的数落的时候总是出现如下心理状态：我到底做错了什么啊？

我何尝不明白爸妈是因为爱和关心，因为在乎而总是用自己认为最好的最对的标准来衡量孩子的一切举动。可是代际差异是在人类历史上存在已久且不能被解决的一个问题，由于成长在不同的时代背景下，年轻人和父辈之间的价值观必定存在差异，在很多问题上都不能互相理解、达成共识，但是仍然应该互相尊重。

我尊重爸妈的意见和看法，但仍然坚持自己认为对的东西。我希望在现实生活之外，能有一片私密的网络空间可以自由地抒发真实的情绪，傻点也无妨，不过是一种释放和宣泄罢了，何必事事严肃认真。于是我带着一丝歉疚，默默地把爸妈加入了朋友圈黑名单……我爸妈必定有些受伤，不过不久之后我妈有样学样，把我爸拉入了她的黑名单……

当然我们的互动并未因此停止，我爸时常在微博上“淑女穿衣指南”下面 @ 我，因为他对我稀奇古怪的穿衣风格忍无可忍。我虽然屏蔽了爸妈，我妈也屏蔽了我爸，我爸却依然大大方方在朋友圈发着搞笑图片，好像在和我们说：你们看，真正高水平的人永远这么磊落，不必躲躲藏藏！

后来，我建了个“大好人”群，把爸妈都拖进来了，我们时常在群里分享自己认为有趣的内容：我妈发的一定是养生知识或者鸡汤文，我爸发的是搞笑表情或者什么段子，我发的多是知乎日报或者果壳网上的新鲜事儿，有时候还发一张猫咪在阳台上打滚儿的照片。依照个人口味选取并共享最适合给最亲密的家人看的内容，展现让对方觉得看起来最舒服的一面，把另一面留在他们看不到的地方，这成了我们一家人在虚拟网络媒介上和谐共处的重要方式。

（摘自《读者》2014 年第 3 期）

网　友

张　乐

他还在网吧，自从三个月前他从网上认识了那个男人，他就与他聊得十分投机。三个月前，他与父亲吵了架，出了家门就进了网吧。他总是感觉父亲看不起自己，只有在网上他才能远离学习、远离父亲的唠叨和轻蔑。自己确实学习不好，还曾经差点儿被学校开除，是父亲去哀求校长才让他留了下来。他也看不起他父亲，他不懂为什么对自己那么强硬的父亲会在校长面前痛哭流涕。父亲没有什么文化，一心希望他能考上大学，但他却希望自己早点进入社会去闯荡。在他眼里，父亲是没文化、没理想的人。这个网友却不同，他从不像父亲那样批评自己，他总是说些鼓励的话。

“喂，最近怎么样啊?”他终于上线了。

“还好，只是最近我爸爸好像不怎么管我了。这样也挺好，耳根也清净。”

“可能是他开始理解你的心思了吧，你也应该试着去理解他啊，父亲永远是爱儿子的。”

“怎么会呢？他就知道逼我学习，我从来就没看到他爱我，他也不会告诉我他爱我。”

“他可能是不好意思说吧，你要学会试着去发现父亲对你的爱。”他的话总是让人感到心悦诚服。

“好吧，我尽量去做。要早点回去了，不然还要看他的脸色。”

“相信我，你父亲绝对是爱你的！只要你用心去发现。”

外面的天黑得一塌糊涂，回家要穿过一个狭窄的胡同，虽然是男生，但每次走夜路的时候，他脑子里都会想起恐怖电影中的各种情节。他不止一次地想，父亲会不会正在胡同口等着他。他胡乱想着，忽然眼前出现了一个背影，是父亲！不会错的！他马上追了上去：“爸爸！等等我！”

“你怎么在这儿？去哪儿了？才回家！”父亲回过头来说。

“我……我去学校学习了。”他很奇怪自己为什么没有跟父亲顶嘴。更奇怪的是，父亲反应非常激动：“哦，快回家吃饭吧！我今天做了很多菜，还有你最爱吃的鱼。”

他和父亲并排走在胡同里，两个人都紧挨着墙。不知从什么时候起，他与父亲之间好像有了一条不可逾越的鸿沟，即使走路也会保持距离。想着今天网友对自己说的话，不知道为什么，他感觉父亲好像是专门在等他回家。

“爸，怎么这么巧碰到你？”

“单位临时有事，我过去处理了一下。”

很快到家了，父亲果真做了很多自己爱吃的菜。这一顿饭，父子俩都吃得很高兴。

“怎么样啊，小子，有效果没有？”

“嗯，算是吧，昨晚我爸很高兴。”不过他还在为昨天的事疑惑，“昨天在我回家的路上碰到我爸了，不知道为什么，我总觉得他好像是在等我。”

“他是不是说他正好单位有事什么的？”

“你……你是怎么知道的？”

“我怎么能不知道，你父亲肯定是不放心你，但又不好意思直说，所以随便找个理由，这证明他是真的爱你啊。”

他更惊讶了。

“你怎么什么都知道？”

“我猜的。今天手受伤了，不多聊了，你早点回家吧。”

“啊，那你好好养伤吧。拜拜！”

家里没有人，父亲不知道去了哪里。他呆坐在沙发上想着：父亲会不会就是那个网友？会不会这三个月来一直鼓励自己、陪伴自己的就是父亲？难道父亲那么可爱，真的是自己以前没有发现父亲对自己的爱吗？他不敢相信，他从来就不相信那种小说、电影中的情节会发生在自己的生活中。

“砰”的一声，门开了。他第一眼看到的是父亲缠着纱布的右手。

“爸爸，你的手怎么了？”简直有点儿恍惚。

“哦，手受了点伤，去医院了。”父亲还是那么从容。

“哦，那赶紧吃饭吧。”

这一顿饭，他吃得很辛苦，脑子里晕乎乎的，父亲几次问他话，他都答得莫名其妙。这几天发生的事情太匪夷所思了——网友对自己说的话、父亲态度的突然转变、网友和父亲同样受伤的手……这是巧合，还是……父亲还在不停地说着，他忽然觉得父亲越来越像自己的那个网友，他说的每一句话，都那么有水平。他的话也不知不觉多了起来，像和网友聊天时那样健谈。父子俩越说越开心，他发现自己平时确实与父亲交流得太少了，对父亲的了解也太少了。一顿饭就在父子俩的欢声笑语中过去了。

日子仿佛正在慢慢走向正轨，他仍然每天都徘徊在网友和父亲之间。他认为这样的方式让自己更加了解父亲了。生活中，父亲对自己的关心也越来越多，他实在是很佩服父亲，竟然会这么聪明，会把小说、电影中的情节用到生活中来。他对父亲以往的认识完全被颠覆了，现在每当父亲让他去学习，他都会觉得父亲是对的。

半年过去了，生活中，他和父亲已经亲密无间；网络上，“父子”俩也是无话不谈。

“小子，我以后不能经常上网了。”

“啊，为什么？”他很疑惑。

“因为，我可能不久于人世了。”

仿佛一个晴天霹雳。“不要吓唬我啊，你到底怎么了？”他的眼眶好像被什么东西顶着，很难受。

“我得了癌症，今天早上刚刚确诊。不要难过，人终有一死嘛。”终于，他的眼泪流了出来，开始号啕大哭，整个网吧的人都像看一个疯子一样看他。

“你现在在哪儿？我要去找你！”

“市中心医院，423 病房 3 号床。”

“为什么？怎么会这样？我还没有来得及发现父亲对我更多的爱，我还没有给予父亲更多的关心，上天为什么要这样对我？”一路上，他已经控制不了自己的情绪。他怨恨自己，为什么以前不听话，为什么不好好学习，为什么不珍惜父爱。一切都已经晚了，他甚至想：如果上天再给我一次机会，我一定要好好学习，一定不惹父亲生气。

421、422、423，1 号床、2 号床，他感觉自己马上要晕厥过去了。“爸爸！”他哭着趴在了床边。

“你是？”一张陌生的面孔转了过来。“这不是 423 病房 3 号床吗？”难道是自己情绪太激动搞错了？

“是啊。”对方简单的回答让他不能接受。

“对不起，我爸爸说他在 423 病房 3 号床，他得了癌症。”

“这确实是 423 病房 3 号床，我也确实得了癌症，但我确实不是你爸爸啊。”那人笑笑。

到底是怎么回事？爸爸明明在网上说他在 423 病房 3 号床的。忽然，他看到那人怀中的笔记本电脑，熟悉的网名，熟悉的头像，他愣住了。

那人看见他愣在那儿，就明白了："我知道你是谁了，你不会把我当成你爸爸了吧?"

原来，这半年来是自己搞错了？他有点不能接受了。

"为什么我爸爸想的、做的你都知道?"他忍不住问了。

"因为我也是父亲啊。哪个当父亲的不爱自己的儿子呢?"对啊，哪个当父亲的不爱自己的儿子？父亲是爱自己的。

"回家吧，孩子！回家好好珍惜你的父亲。"

"谢谢你，叔叔！我真的要谢谢你，是你教我发现了父爱。"

"不是我教你的，是你自己真正理解你父亲了，父爱一直在你身边。"

夕阳为什么这么美好，小鸟都回到了温暖的巢。他从来没有感觉到空气是这么清新，回家的欲望是这么强烈。他要回家抱着父亲大哭一场。

（摘自作者新浪博客）

谁会替你来爱我

宁　子

没有亲人的房子，再熟悉也不是家了

爸离世半个月后，我拿着鲜花去墓地看他。

在他墓前待了整整一个下午，黄昏的时候，我驱车离开。打开车窗，初春了，风中却依旧带着寒意。我忽然觉得疲倦而茫然。悲伤已经在爸患病的那段日子耗尽，但他在，总还觉得有个家——12 年前妈去世的时候，18 岁的我可以放纵自己大恸大悲。现在我 30 岁，已是成熟女人，连悲伤都要收敛——不收敛又能如何？这世上，最后一个爱我的人都已经离开了。

我放了音乐，眼泪还是无声无息地流下来，视线有些模糊，我只好将车停在一边。流着泪却无法纵情痛哭一场，这种感觉如此孤单无助。这时候，手机在副驾驶的位子上不停振动，我缓和一下情绪拿起来，看到是家里的号码——我曾经的家，父亲后来的家。

是辛姨的电话。她试探着轻声唤我："云妮?"

这些年，她一直随着父亲这样叫我，我以前并没在意，现今父亲已不在，这个称呼让我无比心酸，以至于愣怔了片刻才答应。

"开着车吧? 那我等会儿再打。"她说。

"没有，你说吧，辛姨。"我把被风吹冷的眼泪拭去。"如果这两天你有时间，就回来吃顿饭，我有些话对你说。"她停顿一下说，"也是你爸要我转告你的。"

我的心突地一疼："有什么话爸不能跟我说，要在离开后让她转告?"我努力让自己平静地回答："现在吧，我现在就过来。"

我重新启动车子，在前面的路口调了头回去。

熟悉的院落、熟悉的楼房，一切看上去都是老样子，可是我上楼的脚步却迟疑恍惚，心中绞痛。那道熟悉的门内，再也没有我的亲人。没有了亲人的房子，即使再熟悉，也已经不是家。

我还是哭了，眼泪掉在饭碗里

开门的是启明——辛姨的儿子，正在本市读大学，该是回来度周末的。启明个头高高的，很英俊。以前我们很少碰面。他随母亲，也不多说话。

他接过我的包，轻轻唤了一声云姐。我点点头，这英俊男孩依然内向羞涩。接着，我留意到启明的衣袖上如我一样，依旧缠着黑纱，一丝温暖从我心底升起：这世上，原来有人与我一样怀念着我爸。

这时辛姨从厨房里走出来，端着两盘菜说："云妮，我做了西芹菱角，你爱吃的，这几天你也不曾好好吃过东西……"

我谢过她。这些年，我对她始终是客气的，疏离而客气。光阴从来不曾拉近彼此的距离。其实这距离也不远，却始终无法逾越——我们都没想过要迈出那一步。

我坐下来，辛姨给我盛了一碗热腾腾的小米粥。启明却去了书房。

“启明刚吃过了。”辛姨说，“不用管他。”

我牵强地笑笑，看来辛姨的确是有话要说的，且不想让启明在场。

但我没问，只低头喝了一口热热的粥，等她开口。

辛姨犹豫着，但终于说了出来：“云妮，你爸说，不行就离了吧，你还年轻，还有机会重新选择自己的生活。”

我就这样被一口粥噎住，无论如何都没想到辛姨要说的是这个话题。辛姨叹了口气说：“你爸身体不好，可是并不糊涂。我们知道你之所以拖着不离，是不想让你爸担心。可是你这样，他反倒更担心，走之前还在惦记……”

她说得很慢，声音很轻。我也一直以为自己不会再哭——一个人能有多少眼泪呢？可我还是哭了，眼泪掉在饭碗里，沉重而清晰。我一直以为我隐藏得很好，一直以为爸不知道。没想到爸隐藏得更好，他从来没有忽略过我，只是不舍得拆穿我。

“你爸说，这个年代了，离婚不是什么丢人的事，还会有好男人的。”说完，她递一张纸巾给我。

还会有吗？我自言自语。我 16 岁喜欢上何风，相爱 10 年，做了 4 年的夫妻。我一直觉得那是一棵让我可以放心缠绕一生的坚实的树，可背叛还是突如其来，那么彻底。因为 14 年之后，他忽然醒悟他喜欢的是另一棵树，而不是一根温柔的藤。他留给我最后的爱护，便是应允我陪我在父亲最后的日子演完这场婚姻的戏。

看来我们都不是好演员，并没有骗过爱我的那个观众。想着爸生前的隐忍，我再也忍不住，把脸埋在掌心里啜泣。

辛姨站起身，迟疑而缓慢地将手落在我肩上说：“云妮，你爸说得对，你还年轻，日子还长。一定会有如你爸一样的好男人来爱你。”

我止住悲伤，因为意外——这是令我意外的话题。

我的旧房间，被她收拾得那么洁净得体

母亲去世两年后，父亲对我说想娶一个女人做伴。于是我见到了辛姨——相貌普通、性情温和的妇人，30多岁的样子。当时启明只有10岁，一场意外让母子俩失去了家中的顶梁柱，生活格外艰难。那时我已在北京读大学，知道父亲也需要人照顾和陪伴——妈去世后，爸的身体就一直不太好，因此没有反对。

于是辛姨带着启明搬过来和爸一起生活。我想这样的半路夫妻，无非是在一起相互陪伴取暖。爸需要一个女人，而她需要生存。大家各取所需。而我的不反对，却是因为成年后对生活有了理解而产生的宽容。

因为何风，毕业后我又回到这个城市找了工作，但并没有回家居住，而是搬到何风那里。后来我们结婚了，我也只偶尔在周末回去看看，最多吃顿饭，便很快离开。

辛姨很勤快，话不多，将爸照顾得很好，家里也收拾得干净整洁。

爸很少同我谈论她。当然，她更不可能在我跟前说爸的短长——不像妈。记得那时候，妈高兴时将爸赞成英雄，生气时提起爸咬牙切齿——爱人之间才会那样肆无忌惮。每每想起，我都会下意识地微笑。而看见爸与辛姨，我不由得想，他们顶多只是伴侣。

伴侣和爱人是有区别的，我一直这样觉得。直到这一刻，辛姨说："云妮，连我当年都可以再遇见你爸这样一个好男人，何况你。"说这话的时候，她的眼神分明慢慢温柔起来。我熟悉，那是一个爱着的女人的眼神。

我忽然意识到，也许是我错了。这些年，她和爸应该是相爱的吧。

"要不你先和他分开一段时间。"她试着提议，打断了我的猜测。

可是……我依然犹豫，其实除了担心爸的身体而刻意隐瞒，没有果断离婚的另一个原因是，我不知道分开以后我去哪里。出去租房子很麻烦，我害

怕。为此我缺乏分开的勇气，宁肯这样拖着。

“我把你以前的卧室收拾过了。”她忽然拉我站起来，朝着我年少时住过的房间走去。

推开门，我很惊讶，没想到一间后来存放了杂物的旧房间，让她收拾得那么洁净得体。我一直喜欢的白色书桌、柜子和床，鹅黄色的卧具和窗帘，配了同色系碎花的绵软地毯……这里的一切，顷刻间让我有了沉陷其中的欲望。

我回头看着她，却只能无语。这是我离开12年不曾回来居住过的“家”，12年后，至亲都已离开，她却让我回来。其实她没必要这样待我，爸不在了，我们从此成为陌生人也没什么不妥。她没有义务疼我。

“听我一次，我不想你爸走得不安心。”她握着我的手说，“让启明陪你回去收拾一下东西，今晚就回来好吗?”

我沉默了好半天，才点了点头——已经大半年了，那个男人要么整晚不回，要么睡在书房，婚姻早已名存实亡，如今连演戏的必要都没有了。疲惫和茫然不只是因为失去亲人，还因为即将失去婚姻，而我却没有后路可退。

没想到，给我后路的会是她——居然是她。我的心有一些暖，又有一些酸，还有一些不敢相信。

话音未落，启明突然一拳挥过去

一路上，启明并没有开口说话。停下车后，他默默地跟在我后面上楼。

何风不在家，送爸走的这最后几日，他应该已经演得很疲惫。可我还是站在那里发了一会儿呆：这个家，有我这几年一点点营造的烟火气息，一桌一凳、一碗一筷都有记忆，如今都要生生割舍，只带走单独属于我的——而属于我的，也不过是几件衣物。

启明默默地帮我一件件装好，忽然说：“旧的就别带了，以后可以买新的。”

我转头看他，这男孩，不说则已，一说中的。

他的目光躲开了。但我还是听了他的，停止了收拾，只随手带了几件需要的，对他说：“走吧。”

却没想到在电梯出口遇见何风。他好像喝了一点酒，眼神略显迷离。他拦住我问：“你去哪?”

我犹豫一下说：“回家。”以前从来没有这样说过，以为除了这里，我已没有家。他却扯住我的手臂说：“你答应我的，等你爸……就办手续。”

我冷笑，他竟如此迫不及待了！想起刚刚辛姨说的——何必再把心思和时间耗费在一个不再疼惜你的男人身上呢？我说：“你放心，我说到做到……”

话音还没落，身旁的启明突然丢了我的箱子一拳挥过去，我和何风同时“啊”了一声——我是意外，何风是因为疼痛。启明的一拳打在何风左边面颊，血立刻自他唇角流出。何风挥拳还击，却根本不是启明的对手，启明利落地将他打翻在地，然后伸手拉住我说：“云姐，咱们走。”

看着狼狈地倒在地上的何风，我的心还是飞快地疼了一下，可只那么一下就过去了。然后我跟在启明后面，头也不回地离开——忽然之间，我无比踏实和坚定，因为我知道即使离开他、离开这个房子，我依然有路可退、有家可回。

这感觉，真的很好。

以后，我们要替伯伯来爱你

回去的路上，我问启明：“你是不是经常打架?”

他摇摇头说：“我练跆拳道好几年了，伯伯说可以强身健体，以后还可以保护你和妈。”他说的伯伯，是我爸。

所以刚才你打了他？我看了他一眼。

启明说："他不该挨打吗？我妈说他要是敢对你不客气，就揍他！"男孩的口气很是理所当然。我忍不住笑着说："你妈还跟你说什么了？"

启明沉默片刻，才小声说："云姐，这些年伯伯对我和妈真的很好。我妈说，因为我们，你早早离开了家，是我们欠你的。伯伯去世时说，你同意把房子留给我们。可是妈说这房子应该是你的，我是男人，以后我可以赚钱买房子。我妈还说，以后，我们要替伯伯来爱你……"

这么多年，这是我第一次听到这个男孩说这么多话。我从来不知道也从来没想过，在那个家里，爸和他们是怎样相处的、每天聊些什么、有怎样的感情。这些年我从来不主动参与，甘愿让自己置身事外，只偶尔探头看看。而他们也从来不勉强我参加，不表白、不展现。爸生前也从来不曾告诉我，任由我自以为是地疏远。但是，他却用他善良的情感去感染辛姨和启明，让他们在他离开后，继续做我的亲人。

他也不动声色地让我明白了：即使没有了父母，我依然有家可回、有爱可依。让我知道永远都会有人等在那里，替他和妈妈来爱我。

将车停在路边，隔着两个车座之间的距离，不顾启明的诧异和愕然，我伸出手紧紧抱住了这个男孩。这一次，是暖暖地流下泪来。

（摘自《读者》2012 年第 13 期）

我是你们的孩子

莫小米

12岁的女孩，独自去陌生的城市上中学。

父母是军人，到处有战友，临走让女儿随身带一封信，拜会居住在那个城市的老战友夫妇。父母的本意是，万一有什么事情，可以找他们帮忙。毕竟那是40年前，连电话都没有的。

老战友夫妇都50多岁了，比女孩父母年龄还大些，没有生育，女孩文静懂礼貌，让他们喜欢得不得了。

可是后来发生的事，令女孩及父母都始料未及。

周末下课，伯伯已经在校门口等着，伯母则在家里张罗一桌丰盛的饭菜。

学校伙食简单，女孩的确是有点饿，埋头吃了半碗饭，一抬头惊呆了，二老都不吃，光看着自己吃，仿佛看她吃的味道，比他们自己吃还要好。

在人生地不熟的城市，有这么一份浓浓的亲情，一次两次，女孩很感动，可每个周末都这样，受不了。她有时故意在教室磨蹭很久才出来，伯伯还站在马路对面的路灯下面，几十年后她回想起来说，像是在等一个前世的情人。

后来说好不去吃了，他们就做好送来。一个罐子，包在棉袄里，送到女孩宿舍，看着女孩打开，伯伯说，趁热吃，啊。非要看着她吃上几口，才肯离开。

国庆节放假，伯伯说带她去看戏，看到精彩处，却听到鼾声，一回头，伯伯已经睡着了。他根本不爱看戏，只是想带她看。

女孩偶尔也去看二老，吃完饭想帮着洗碗，不可能，他俩只希望她坐着看书，吃水果，有一次伯伯竟然试探地说：我可以给你洗一下脚不?

女孩笑着说为什么呀，我给你们洗脚还差不多。伯伯难为情地说：哎呀，可惜你已经大了，要是再小一点，我就可以给你洗脚了。有一丝辛酸。

三年很快过去，女孩要离开了，老夫妇竟然双双病倒，生离死别一样。伯伯还住了院。

她是个好心的女孩，临走时特意去医院，对伯伯许诺：我会写信的，我会来看你们的。

很多年后女孩自己做了母亲，才明白这对无子夫妇心底的忧伤。她从医，照料他们晚年病痛中的生活，直到生命终点。她说，我在自己父母那里，从未得到过如此细腻到极致、爱到不知所措的感受，我一定是他们前世的孩子吧。

她在两位老人的墓碑上刻下这样一行字：我是你们的孩子。虽然她从未对他们喊出过一声爸爸妈妈。

（摘自《读者》2013年第23期）

外婆菜

张佳玮

见过有人恨爹恨妈恨社会恨班主任恨初恋，但恨外婆的似乎没有。

大概慈母大人的慈母大人，其慈善度等于慈母大人的平方，又不像爷爷奶奶有培养孙子安邦定国、维护世界和平的大欲望，因此我周遭的朋友连我在内，都跟外婆比较亲。不止中国，全世界电影里某些反社会反人类的“机关枪”男人，一般回忆往事时也都酷酷地来一句：“我外婆当年……”

美剧里偏居家一点儿的剧情，都会涉及饮食，常见的某甜饼、某奶酪、某甜酒的配方，大半出自外婆家传。我问朋友们最怀念外婆什么，十之七八都两眼发直，垂涎三尺。可见这点也是中西皆然——经典的外婆形象，总和饮食相关。

外婆们做的菜，比较容易分辨。比如，你在人家做客，见一道菜大众家常，多半是小姑娘自己初学羹汤的试验品；如果满桌菜风骨倜傥、风味豪爽，那多半是手艺好的爸爸或妈妈露了一手。色调最温润、味道最淡、成色最厚的一般就是外婆菜。

外婆们下厨，好比积年高手老江湖出战，已经过了跟你斗剑论掌飞沙走石的境界，讲究的是拈花一笑举重若轻。外婆们大多笃信天然，鄙视各类现成的调味品，比如味精之类。反正老人家有的是时间，炖一锅汤可以香气氤氲之间坐等那味道丝丝支离出来。外婆们做菜很少给你大荤大油，荤少素多，疏疏朗朗地端来，尝不出味精来，盐也淡的若有若无。但信手放的花椒、被利用完的八角，星星点点，就又把味道衬起来了。外婆们若做味道醇厚的菜，往往做得极浓郁。比如，爸爸妈妈们的红烧肉时常劲健耐嚼、香气犀利，外婆们的红烧肉或是红烧蹄一般都一触即融、入口便化，味道厚实得就像欣赏上了年纪的艺人演话剧，一个字一个字像两只脚踩实在地上，踏实、地道。

外婆们吃东西都细心，于是带点雍容的挑剔，好比贾府太君看个戏就批评上了才子佳人。你带外婆们出去下馆子，她们高兴之余，都会对某些菜客客气气地挑肥拣瘦一番。到了最后，隐隐约约透出主旨，就是觉得钱花多了，菜吃少了，菜价还大大不值。有朋友跟我抱怨说，某些姑娘吃饭吃菜，讲究的是食材的价格，以后好漫不经心地和闺密们说，当年某哥哥如何驼峰熊掌，翠釜玉盘，姐姐照样没理他。能做饭的外婆则大大不同，她们吃馆菜，通常有点化学家的执拗劲儿，恨不能一笔一画列个配方单子出来。豪奢型的大菜外婆们普遍兴趣不大，但简单家常的偏门菜，外婆们通常一吃就会，过两天摆给你看，等你夸一句“比外面馆子里还好吃”，就泄露天机般告诉你，外面卖多少钱，家里做如何省钱，最后感叹两句“世风日下，人心不古”之类的话。

我外婆生前，省起钱来就不遗余力，边角料从来都舍不得扔，真有点“但有一技之长者，莫不为国所用”的意思。每次在我家吃饭，外婆看着我妈扔掉的边角料都叹息几声。我小时候总觉得外婆抠门，后来才知道，她老人家是到了所谓“草木竹石皆可为剑”的境界。比如 20 世纪 80 年代，故乡吃鱼头、鸡爪者少，全家族对外婆的鱼头汤或焖鸡爪不以为然，只有我爸常出差去广东，回来称赞说外婆的鸡爪非常地道。舌头是会成长的，等我后来离家独居学做菜，才体会到外婆当初是何等寂寞的高手。

外婆们通常都用不惯现代厨房。我外婆每次炖鸡都会像白发宫女说前朝般的念叨各种瓦罐，有两个朋友的外婆都坚决抵制打蛋器，宁愿自己用一双筷子打得风生水起。所以，我外婆没来得及学会现在女孩子用以勾引男朋友的西式甜点，但是，用着上古器械，她还是能手到擒来做出许多美食。我上中学时每周去外婆家玩，外婆每次接了电话，都摊面饼给我吃。那面饼无馅无料，略撒一点白糖而已，烙出来略带焦的酥香、摊出来的软滑以及那柔韧的筋道，真是举重若轻。我外婆另有一道盐水花生，一道过年时的红烧蹄，简直是天下无双。我当年问她如何把花生弄得恁脆、蹄膀收拾得恁烂，她都说不出所以然，也没加什么特殊的料。今年夏天出远门，吃了一位朋友的外婆做的粉丝鸡杂，惊为天人。絮絮问她粉丝怎么收拾得滑不腻口又酥软，钵里无油少盐怎么让鸡杂腥腻全去口感香脆，那位外婆也是一副“本该如此”的慈祥表情，说不出个所以然。大概外婆们个个都通了“道”，类似于庖丁解牛自然而然就做到了，只是少一个庄子代她们总结出游刃有余的至理名言吧。

（摘自《读者》2013 年第 4 期）

不污染，常持心

崔曼莉

井底之蛙逃出井口，必定叹天下之大。我尝遍江南绿茶，也不过是中国六大茶类中的一类。说起六大类的区别，其实也简单：绿茶不发酵，红茶全发酵。在不发酵与全发酵之间，有轻发酵的白茶、黄茶，还有发酵情况从轻到重不等的青茶（乌龙茶）。除此之外，还有全发酵的黑茶。黑茶中有名品普洱，但也有人反对把普洱归入黑茶，认为它应该单归一类。

白茶可以长期存放，存放后发酵演变的茶，特称老白茶。老白茶三年为药、七年为宝，可以去湿消炎。现在每到夏天，于清晨饭后，我爱泡一壶老白茶。茶汤亮丽、茶香独到，喝之发汗轻身，最解北方不热之暑。我说北方不热之暑，是因为我是个“火炉”里长大的人。北方再热也不觉有热，汗闷在体内，很难受。

总是有好茶能在我的生命里和我不期而遇。在喝茶方面，我是个有福的人。从小家里长辈都爱喝茶。母亲爱茶，也爱茶具。那套青玉兰茶杯，我失手打了一只，为此她十分生气。她是个珍爱物品的人，东西要好，然后用很长时间。她从不贪便宜，也不追奢华。力求能及之好，同时长久珍惜，这是她教会我的。可是她的责备让我很难过。我总认为感情可以抵得过一切。物是重要，但永远不及人重要。从那时起，我对一切物，包括茶，都不分好坏地去珍惜，同时也绝不以有或没有责备旁人。一件东西，身价再高也不是性命。万物有灵，生命可贵，生命里的心情更加可贵。

除了母亲，两位舅舅是我特别的茶友。大舅是位画家，对艺术、对茶都精益求精。每年清明之前，他都要前往江苏各地的茶场亲自挑茶，然后坐等制茶，等茶制好之后现场泡品，亲口鉴赏，过关之后便打包回府。他生活简朴，花在茶上的钱却让我不敢想象。他从不喝别人家里的茶，说实在不能入口。小舅是个家中朋友不断的人，一只白色搪瓷茶缸，无所谓好茶坏茶，泡了 30 年茶，泡成了深褐色。他说这茶缸如泡老的紫砂壶，开水冲下去也是好茶了。大舅笑小舅土，小舅回笑大舅执着。前年清明，二人于前往安徽途中双双遭遇车祸。一世兄弟，居然同年同月同日死，也算一种缘吧。大舅去世后，最后一本画册出版了；而在小舅的抽屉里，找到了许多欠条，都是他借给朋友们的钱，陆续二三十年，累积上百万。朋友们说，他从不欠别人一分钱，却常常接济朋友。这样的两个人，为什么会遇难呢？我心里总有不甘，葬礼结束后去拜访大舅的一个朋友，他已出家多年，是金陵某寺住持。去时又有大舅的旧友随同，众人喝茶写字，畅谈文化，似乎以这种方式哀思，便尽了最好的心意。我终于没有忍住，问出了之前的疑惑。住持笑了，说："你们写小说的，这一世的故事结束了，便结束了，他们要开始下一世的故事，有何不可呢？"

是啊。什么是好的结束，什么是不好的结束。生有生的一堆问题，死亦同样。我又何必执着。何必在这一世，追问上一世，打扰下一世。

这一世既然与茶有缘，就应珍惜这缘。要喝好茶，必然需要藏茶。绿茶当年饮，不饮时密封放入冰箱冷藏即可。其他老白茶，部分红茶、青茶与黑茶都可长期储藏。藏茶最大的妙处，是在藏的过程中，茶叶会发生变化。火气慢慢消退，滋味慢慢增长。有的茶天资出众，却在储藏过程中受到破坏，吸了脏空气，受潮发霉，味道恶劣，已不能饮用。有的茶天资平平，却因藏茶人珍视，多少年过去后，火气褪尽，干净澄明，虽非至宝，却已成难得的珍品。

所以，不以当下的好坏对人生加以判断是多么重要。一个人的爱茶之心，确实可以通过岁月与茶共同成长。人生来便不公平，但成年后的我们如何对待自己，就像储藏茶叶一样，是让自己变得更珍贵、更丰富，还是更贫乏、更平庸，都源于每一天中最简单的坚持：不污染，常持心。

（摘自《读者》2015 年第 15 期）

阿公的荔枝

林立铭

我祖父可说是个苦命人。他是遗腹子，后来他母亲改嫁了。祖父没受过教育，不识字，做过佃农、人力车夫以及其他出卖力气的工作。

我们都叫祖父“阿公”。早在我出生以前，父亲为了工作，已搬离台中的老家，定居于新竹县偏僻的山城竹东。因此，我跟祖父相处的时间并不多，对他有点陌生，不大亲近。

在我模糊的印象中，祖父沉默寡言，不懂表达情感，是典型的农人。他很少逗弄或搂抱我，然而我从未怀疑过他对我的关爱。

每次我随父母回台中过年，祖父总会带我去中山公园划船，又领我去玩当时最炫的“金马乐园”摇摇椅、旋转木马……尽管他总是一言不发，只是微笑着陪我，但对我这个寂寞童子来说，已是莫大的喜悦了。

祖父在台中潭子祖厝种了几棵荔枝树，每年六七月荔枝收获，他总会挑选最大最甜的留下来，装满两箩筐，用扁担挑着，搭乘约三小时火车来到我们所住的小镇，给我们尝尝他辛勤耕种得来的甜美果实。

三十年前荔枝很昂贵，一般人只买来当礼物送人，很少自己吃。我记得那时候的荔枝比现在的要小和酸，我们一次可吃掉二三十颗。我和姊妹都爱吃荔枝，因此很期待祖父来探望我们。

父亲在铁路局新竹工务段工作，宿舍就在火车站旁边。我们只要知道了祖父坐哪一班火车来，便会到火车站去守候。等到终于看见祖父从火车上吃力地把两箩筐荔枝抬下来，我们就兴奋得尖叫，一拥而上，抢着吃荔枝。祖父看见了，必定露出难得一见的笑容。他有时会在我们家住上一个星期，才回台中去。

记忆中，祖父每年都送荔枝来给我们吃，这似乎成了他向远方的子孙表达关爱的唯一方法。

我首次体会到期盼一个人是多么痛苦，对象就是祖父。当时我五六岁，那年的荔枝收获之后，祖父像以往一样，带着他认为最珍贵的礼物，来我们家小住一星期。由于父亲出差去了，祖父常常带我们三个小孩去公园溜滑梯、荡秋千、坐跷跷板，甚至到水池里划船……在那个星期，祖父仍是默不作声。

祖父从来没买过玩具来讨好我们——他实在太穷了，穷得甚至把我们吃不完的荔枝都拿到公园，摆个小摊叫卖。

我们三个小孩平常总是被关在家里，很少到外面嬉戏，因此，祖父来的那个星期，对我们来说实在是最快乐的日子。我们都衷心希望他能一直住在我们家里。

欢乐时光总是过得特别快。一星期后，祖父挑着空箩筐，要坐火车回老家了。母亲和我们三个小孩到火车站送行。

祖父要登上火车的一刹那，我突然心里一酸，紧拉着他的扁担，放声大哭起来，嘴里直嚷："阿公不要走！阿公不要走！"

于是祖父开解我："别哭了，别哭了。明年荔枝熟了，我会再来。"

火车汽笛响了，母亲把我从车上拉下来。火车缓缓开动，祖父跑到车尾，向我们微笑，挥手说再见。我哭着追上去，直到火车消失在轨道尽头。

思念祖父之情在我稚嫩的心头萦绕不去，每次看到他睡过的床、坐过的椅子，我总是伤心不已。我真希望他能像变魔术般地出现在我眼前，陪我到公园去玩耍。每晚睡觉前，我总期盼翌晨一睁开眼睛就见到祖父在我床前微笑，凝望着我。我一次又一次如此期盼，却一次又一次失望。

可能由于祖父每次来时我都听见火车汽笛声，我产生了心理学所谓的“条件反射”，误以为听到火车汽笛声祖父就要来了。

失望了几天之后，我终于明白并不是一听见火车汽笛声，祖父就会出现。幼小的心灵第一次领悟到了痛苦的滋味——我们最热切盼望的事物，往往不会如我们所愿出现。

以后数年，祖父还是以他自己最熟悉的方法表达关爱——送荔枝来。后来台湾荔枝产量大增，即使祖父不送荔枝来，我们也能吃到又大又甜又便宜的荔枝。

我们年纪渐长，越来越没兴趣随祖父到公园去玩，而祖父明白之后，就再也没叫我们去公园。渐渐地，祖孙之间的情感距离越来越大，像新竹与台中相距那么遥远了。

我念大学二年级那一年的六月，祖父因哮喘病猝发去世。他是在他最爱坐的那把椅子上过世的，面容安详。

我从高雄赶到台中老家，看见大厅门槛旁堆放了一大提袋荔枝。阿嬷含泪对我说：“这些荔枝，是阿公准备带到竹东给你们吃的，你回高雄时，就带一些回学校吃吧!”

我立即鼻子发酸，泪水在眼眶里打转。

原来祖父直到去世之前还是没放弃对子孙的关爱。他早已知道荔枝不再是珍贵东西，但是对一个不识字、没有钱、不懂如何表达情感的老农人来说，每年挑两箩筐亲手栽种的荔枝来给子孙吃，是他与子孙维系情感的唯一途径了。

（摘自《读者》2015 年第 14 期）

不能对外婆说的话

刘　同

连着几个周末都在外地工作，转眼就到了27号，想着之前对外婆承诺的“我一定每个月都回来看你一次”即将失效，心里满是愧疚。

给外婆拨电话，照例很快接起来，仍是大嗓门在话筒里问：“哪位?”

我十分抱歉地对外婆说：“外婆，最近周末都比较忙，这个月不能去看你了。”

外婆说：“没关系，那你打算什么时候回来呢?”

“下个月一定回去看你。”

“今天几号啊?”

“27号了。”

“那你是1号还是2号回来啊?”外婆问得特别自然。

我突然那么一愣，说实话，对于外婆即时的反应，我常常分不清楚是她幽默感太强，还是她心里确实是那么想的。

外婆83岁那年来北京看我，我约了一大堆朋友吃饭，席间充斥着我和好朋友开的各种荤素不一的玩笑，常常是话音刚落，外婆就哈哈大笑起来。

头几次，大家以为外婆只是为了给我们这些晚辈捧场，后来听着听着感觉不妙，然后我试探性地问外婆："外婆，你每一次笑是为了捧场还是真的听懂了啊？"外婆特别自然地回答："本来就很好笑嘛。"

外婆刚到北京时我开车带着她四处兜风。她不愿意坐在后座上，一定要坐在副驾驶座上，说是离我近。

外婆坐在车里看着北京的一座座高楼，说："当年人那么少，房子那么少，我活得那样；现在人这么多，房子这么多，我还是活得一样。你说多这么多东西有什么用！"

外婆什么都问，什么都觉得好奇，好像我印象里的外婆一直是这样，她从来没有发过脾气，对我总是笑嘻嘻的。

那时，中国的钨矿业发达。外婆带着全家生活在大吉山钨矿，她是钨矿的一名选工。后来，外公当选了钨矿的党委书记，外婆就被调到了电话接线员的岗位上。

我父母是医务人员，常常夜里加班。我那时只有四岁，夜间醒来找不到他俩，就会哭着跑到医院，在走廊里大哭，谁都拦不住。父母没办法，便又把我扔回了外婆那儿。

知道我怕孤单，所以外婆上班就会带着我，绝不会扔下我一个人。外婆任我在电话接线间里胡来——比如我常常把各种线拔出来，插到不同的孔里，她仍是乐呵呵地看我把她的成果搞得一塌糊涂，然后再十分有耐心地把它们一一恢复原位。后来我就不让她看，而是让她转过身数20下，我乱弄一气，然后再看外婆把线插回正确的位置。现在想起来，这简直就是连连看游戏最早版本的最高境界嘛。

因为这样每天都和外婆在一起，所以谁都不能取代外婆在我心里的地位，当然我也绝对不允许别人取代我在外婆心里的地位。后来表弟出生了，我很爱表弟，所以当外婆带他的时候，我也会一直在旁边跟着。外婆每次哄好表弟之后，就会回过头来和我对视一下，我便迅速扭头——我不想让她知道我那么在意她对我的关心，我也不想让她知道我在妒忌表弟所受到的关心。

有一次全家吃饭，我、表弟和邻居的孩子在院子里玩，外婆跑出来叫了一声表弟的名字，让他赶紧洗手吃饭。因为没有叫我，我故意不进屋。后来小舅出来喊我，我蛮不情愿地跟着进了屋，一整晚都处于极度的难受之中，我觉得外婆已经不在意我了。长辈们都问我怎么了，我只摇头，什么都不说。外婆走过来也问我怎么了，我把头扭过去，仍然什么都不说，两行眼泪流了出来，鼻涕也流出来了。

外婆看我什么都不说，默默地叹了一口气，准备转身去收拾餐桌。我突然从后面跑上去一把抱住她，把头埋在她的腰间，大哭了起来，然后反反复复说一句话："为什么表弟叫你奶奶，而我要叫你外婆？为什么我要叫你外婆？"全家人都愣住了，不明白我的意思。

"我不要叫外婆，我也要叫奶奶。因为外婆有个'外'字，我不要这个'外'字，我不是外面的！"我哭得上气不接下气，说出这么一长串，却轰的一下把所有人的笑穴给点了。我一看他们笑得那么厉害，哭的声音就更大了。外婆蹲下来，抱着我，又好笑又心疼我，眼里也全是眼泪，她说："好好好，我不是外婆，以后你不要叫我外婆了，你叫婆婆、奶奶都行。"

这件事情是后来外婆告诉我的，我都不敢追问细节，因为任何追问都是对自己的讽刺啊。外婆回忆起来的时候眼里带着向往的闪烁，她说："小时候你一直跟着外婆，后来你去读大学了，又去北京工作了，现在我们一年都见不到两面，幸好那个时候我们一直在一起啊。"

我听得懂外婆的意思：我长大了，回到她身边的机会就更少了。我向她保证，我一定会争取更多的时间来陪她的。

三个月前的一天，妈妈给我打了一个电话，话还没说两句，就在电话里哭了起来。她说："你外婆脑血栓发作住院了。我给外婆家打电话打了几次都没人接，我觉得不对劲，就去外婆家找她，打开门才发现外婆脑血栓发作倒在客厅里，动也动不了……"说着泣不成声。

我心急如焚，连夜赶回了湖南。路上，往事一幕又一幕浮现，眼泪在眼眶里打着转，滴滴答答滑落在焦急的归途中。

还好，上次她来北京，去了长城，游了故宫，看了水立方。

想起那时，我问外婆："外婆，回去时我给你们买机票好吗?"

她问贵不贵，我说："不贵，打折后特别便宜，我担心的是你有高血压能不能坐啊，你恐高吗?"

她说："我没有坐过飞机，你让我坐我就坐。"她那样子像个孩子。

从长沙回郴州的路上，妈妈给我打电话，语气里有掩饰不住的兴奋："你外婆简直神了，不仅神志清醒，而且说话也恢复了。你等一下，外婆要跟你说几句。"

然后外婆的声音就在电话里出现了，依旧是大嗓门，只是语速变慢了很多，像随身听没电的感觉。她在那头"汇报"她的病情，让我不要担心，我在这边握着电话无声地落泪。

"不要担心"四个字是我从外婆口中听到的最多的话。小时候带我，她对我的父母说不要担心我；等我读完大学开始北漂之后，她总对我说不要担心她。

有时候，不要担心确实是一种安慰；有时候，不要担心只是不想添麻烦。我知道外婆不想给我添麻烦。

她喜欢每天打开电视，到处找我负责制作的节目。

她从不主动给我打电话，但每次我一打电话，铃声还没响完一下，她就接起电话。

每次我给她打完电话，我妈就会打电话过来表扬我，说外婆特别开心，又不知道如何是好，只能给我妈打电话分享喜悦。

外婆的身体恢复神速，我便承诺之后每个月都一定要回湖南看她一次。因为这样的近距离接触，我才更了解外婆了。

一次回去的时候，我问照顾她的阿姨她在哪儿，阿姨说外婆在卫生间洗澡。我看卫生间是黑的，正在纳闷，阿姨说外婆洗澡的时候从来不开灯，怕浪费电。

我的火蹿上来了，立刻在外面把卫生间的灯打开，然后用命令式的口吻对里面说："外婆，如果以后你洗澡再不开灯，我就不来看你了。"

里面沉默了大概一秒之后，立刻回答："好的好的，我开就是了。"

现在的我已经学会了如何威胁她。

如果不穿我买的新衣服，我就不去看她了。

如果夏天不开空调，我就不去看她了。

如果再吃剩菜剩饭，我就不去看她了。

其实，大概从她 80 岁开始，我又变成那个心里满是心思、只能自说自话的小男孩了。比如打电话时，我不敢说自己想她了，我怕她会更想我。比如她每一年过年给我的压岁钱我都留着，不敢拆。我怕拆了，她给我的最后一份压岁钱就没了。

（摘自《读者》2014 年第 8 期）

我家的小米椒

张宜彪

邻里之间，我家的小米椒种得最好：个大，粒多，饱满，结实。人见人爱。

十几年前的一个秋天，为了做豆腐乳，奶奶从集市上买回了一串小米椒。奶奶说："留一粒做种子吧，省得明年再买。"

我那时还小，还是奶奶的"跟屁虫"。我跟着奶奶锄地、整畦、播种、施肥。小米椒虽然长得挺拔青翠，枝繁叶茂，但结的果实却很少很少。

奶奶唉声叹气，却没有甘心失败。第二年种了，第三年也种了。渐渐地，小米椒越种越好，面积越种越大。从自留地种到责任田，小米椒成为我家收入的主要来源。

12 岁那年，我考上了初中，要到 40 里外的镇里读书。到集镇，有一半是山路，要穿过密密麻麻的原始森林，林中的树冠遮天蔽日，脚踩着地上厚厚的树叶发出的声音，好像后面有人追踪。有时还会窜出头活物，让人害怕。又没伴，我不敢去，哭得像个泪人。奶奶说："去吧，去吧，番椒（指小米椒）都要掐芯，何况人呢？"奶奶和妈妈把我送到镇里的中学，往后，奶奶送过我几次，妈妈接过我几次。我的胆子大了，敢于独自上路了。但我始终没弄明白我读书和番椒掐芯有啥关系。

我的初中读得并不出色。刚入学时因话音和镇里的话音不同，被讥为"山古佬"，成绩不如意。又没个伴，几次我都想退学。奶奶就是不肯，理由是，连番椒都要掐芯。在奶奶的强硬态度下，爸爸一次又一次把我送入中学。就这样，三年的初中我读了四年。后来，我考入了普通师范学校。

聚散两依依。每一次离家，奶奶都要说一遍番椒要掐芯之类的"套话"。我总认为这是奶奶的口头禅，也就没在意。

奶奶就在这样的念念叨叨中，渐渐老了。没等我毕业，她就离开了这个世界。

毕业后，工作一直不太如意。前些年，我又被调到全县最偏僻的中学。我心里很闷，日子过得恹恹的。

看到收获的小米椒，我想起了已故的奶奶。我向爸爸请教，奶奶的种椒经验到底是啥？爸爸告诉我："幼苗刚长到两寸时，就要拦腰掐去一半；长到四五寸时，又要拦腰掐去一半。经过两三次'厄运'的小米椒长得秆粗枝繁。表面上看起来有些憔悴，但结椒的日期就会大大提前，结的小米椒也就又多又饱了。"

听了爸爸的话，我打起背包，踏上了远行的路。我终于明白了奶奶的话。

从那以后，每当我遭遇风雨、身陷泥泞时，总会想起奶奶的话。

奶奶的话，像那鲜红的小米椒，永远"辣"在我心里……

（摘自《读者》2000 年第 2 期）

无从告别的告别

里则林

1

记得还在上海的时候，小区里住着许多子女不在身边的老人。某个暑假，老师要我们去找一个老人，然后陪伴他们，算是作业。

我找了隔壁那幢楼的一个老头儿。记得我第一次敲他的门，他开了一半，奇怪地看着我，我呆滞地傻愣了半天，然后用手摇了摇胸前的红领巾说："你好，我是小学生，老师要我来陪你。"

老头儿听完，微微一笑，把门敞开，示意我进去，问我："你从哪里来？"

我坐在脚碰不到地的高凳上，晃动着双脚指了指左边说："我从隔壁来。"

他笑笑没理我，就那么旁若无人地摆弄起花草来，让我觉得他不太懂人情世故，没有家教。

我有点不知所措，对他“喂”了一声。

他转过头来说我没礼貌，然后继续低头摆弄花草。

最后我只能哈欠连天地看着墙上的钟，等着两个小时结束。

临走的时候，我拿出一个小本子给老人家签字和写评语。老头儿戴上老花镜看了看本子上的大致内容，问我写什么好。

我说：“写点还不错之类的就行。”说完，马上有点不好意思地看向别处。

那天临睡前，我突然想起那个本子，然后迫不及待地想看看老头儿写了什么内容，于是翻开本子，发现上面工工整整地写着：“他今天非常乖，非常热情，很有礼貌，家教很好，很讨人喜欢。”看完，我竟然有点不好意思。

2

后来我每天去陪这老头儿，他几乎不怎么说话，不是摆弄花草就是摆弄鸟，偶尔我坐在大厅和天井连接的地方，呆呆地看着他。

老头儿则依旧每天结束时，在本子上换着花样夸我。得到他措辞绚丽的评语几乎成了我去陪他的唯一动力。

某个下午老头儿坐在桌子旁看书，我在他对面一动不动，老头儿抬头看了看我，然后看了看他那堆书。我就顺着他的目光也看了看那堆书，看见里面有一本《杨家将演义》的连环画。我伸手摸了摸那本书，犹豫间，他对我点点头。于是我就把那本书抽了出来，津津有味地读了起来。

从那天起，他就不摆弄花草了，每次来，都和我面对面看书，每天他的书堆里都会莫名其妙地有一本不同的连环画。

有一天看到又是连环画，我突然觉得无聊透了，做作地打了一个又长又大声的哈欠，然后趴在桌子上发呆。

老头儿咳嗽了几声，说“你等一会儿”，转身进了房间。我看见他打开衣柜，到处翻，最后面红耳赤地拿出一把剑。

我立马跳了起来，双眼放光地看向他，因为我从小就喜欢宝剑这类东西。

老头儿脸上第一次露出了调皮的神色，拔出剑来，故作姿态地舞了两下。那天下午我们在天井里，老头儿教我玩了一套晨练时的老年剑法。

从那天之后，只要我去老头儿家，他就会第一时间给我背上那把大宝剑，然后该干吗干吗。不知不觉过去了 15 天，还有 5 天我就可以结束陪伴老人的作业了。

我把这件事告诉了老头儿，老头儿愣了一会儿，说：“那明天我带你去城隍庙买一把属于自己的大宝剑吧。”

我惊讶地看向他，问他是真的吗。

他用力地点点头。我一激动，抱住了他，第一次说了句：“谢谢爷爷。”

他面色绯红，有点不好意思，也抱了抱我，但显得异常开心。

第二天在城隍庙，我看着琳琅满目的刀枪棍棒，一时没了目标，满心欢喜地扫来扫去。我们两个站在一起，老头儿有些紧张地问我：“是不是不喜欢这里的?”

我摇摇头说：“没有，我都喜欢!”

我挑了一把黑色的剑，老头儿找老板要了一根红色的背带，蹲在门口帮我绑在剑鞘上，挂在了我的后背。那天，我觉得自己终于成了展昭。

后来老头儿带我去买麦芽糖，我们坐在一个亭子里吃糖的时候，老头儿问我：“你有爷爷吗?”我愣了好一会儿。

我边吃糖边说：“我不记得自己的爷爷，从来没有见过他。”

他就不说话了，摸摸我的头，问我：“你还想吃什么?”

我摇摇头，我们一起陷入了沉默。

3

其实我从小就不记得爷爷的样子，因为我的童年颠沛流离，一时在这儿，一时在那儿，却从未回过老家。

一直到 1997 年，我 7 岁那年，才第一次听爸爸妈妈对我说起“爷爷”两个字。那是一个晚上，我从睡梦中被叫醒，带着一肚子的起床气，大声地喊着：“我不穿衣服！”

爸爸对我投来了一个令我此生难忘的失望眼神，然后和妈妈急匆匆地出了门。

许多年之后，我才知道，那天晚上我失去了最后一次见到爷爷的机会。此后这成了我每次想起都会遗憾和自责的事情。

我 24 岁那年，临近清明节的时候，爸爸让我回老家去给爷爷扫墓，我听完二话没说就推掉了所有事情。

那天在墓碑前，我放起了一长串鞭炮。我看着爷爷的名字，心里说：“爷爷，我回来啦。”然后眼睛就红了。

我心里又说：“爷爷，在那个年纪，我真像个不落地的蒲公英，从未有人跟我提过我从哪里来，也没有人确定地告诉我，我要到哪里去。就像被风一直裹着，以为世界上并没有可以落脚的土地。如果你原谅我的话，你就刮来一阵风好了。”

于是那天很神奇地在一秒之后，刮来了一阵风。

4

在那个陪老人的作业本上，老爷爷给我写的最后一条评语是：“他像我的孙子一样，我像他的爷爷一样。”

那时我常常面对离别。妈妈在某天跟我说，这个暑假结束之后，我们要去重庆了。

我点点头，坐在沙发上。我不知道重庆是什么地方，也不知道在那里会遇见什么人，只是已经开始在心里提前默默地消化着对未知和陌生的恐惧。

离开那天，老头儿赶来，抱着一盆小花，气喘吁吁地说："这是你来那天，我给你种的，名字就叫小则林。"

我一看，是一盆黄黄的小花。

妈妈说："坐飞机，带不了这个。"

我遗憾地看着老头儿，老头儿也略显无奈，犹豫了一会儿说："没事，等你回来的时候，小则林就长得跟你一样大了。"说完摸了摸我的头。

但我并没有再回去过，甚至没能带走爷爷送我的那把大宝剑。走的时候，我也没明白过来，"爷爷"到底是什么。

但时间一天一天地过去，人在时间里，很快就会长大。

有时夜深人静的时候，我会想起那盆小黄花，也会想起1997年的那个夜晚。并且每次都带着遗憾，因为他们从来不知道我去了多少地方，也不知道我见过多少人，甚至他们永远没有办法知道，他们一直在我心里。我没有办法告诉他们，这些无从告别的告别。

（摘自《读者》2015年第10期）

天上飘下来的礼物

孙道荣

收衣服的时候，发现一个衣架子是空的，探身往下一看，果然衣服又被风刮到楼下去了。于是我喊儿子到一楼林老太太家的院子里，把掉下去的衣服捡上来。儿子愉快地答应了，蹦蹦跳跳地下楼去了。

一楼的林老太太，性格有点孤僻，不太好说话。奇怪的是，儿子倒跟她挺投缘。有一天刮大风，晾在阳台上的一件衣服被刮到了一楼院子里，我看到衣服离院子的栅栏不远，就让儿子拿根竹竿下去挑挑看。儿子趴在栅栏边，用竹竿往外挑衣服的时候，林老太太突然走进了院子，儿子吓了一跳。我站在阳台上，隐隐约约听见她说："下次衣服再掉下来，你就进来拿吧。"儿子点点头。就这样，衣服再被风刮到楼下时，都是儿子去捡。

儿子似乎也挺乐意干这活儿，每次下去捡衣服，都要好大一会儿才回来。我告诫儿子："林奶奶喜欢清静，不要打扰了她。"儿子歪着头说："没有啊，林奶奶可喜欢我了，跟我说了好多话。林奶奶告诉我，她的孙子跟我差不多大呢，可是她只能看看孙子的照片，总是见不到面。”

关于林老太太，我听社区工作人员谈起过。林老太太唯一的儿子在美国，很少回来。她老伴去世早，儿子出国后，老太太就一个人生活。退休后，她的生活更孤单了，常常一个人闷在家里，跟外面的人联系越来越少，人也变得越来越孤僻。社区工作人员说：“你们住她楼上，帮我们留意点，也尽量给老人一点照顾。”我点点头，又摇摇头，真不知道该怎样帮助这个孤僻的老太太。

日子平淡地过去，风偶尔会将我们家阳台上的衣服刮到楼下去。儿子“噔噔噔”地下楼，又“噔噔噔”地上楼，快乐得像一阵风。有时候，从楼下林老太太的家里，会传来“咯咯”的笑声，有童声，也有很苍老的声音。

春节，我们一家回老家去了。回来时，才听说楼下的林老太太突然去世了。我注意到，儿子的眼圈红了。

社区工作人员在整理老人的遗物时，看到了一个日记本，里面记录下了她最后的日子。内容基本是流水账，但是，老人在日记里多次提到从楼上刮下来的衣服，以及下来捡衣服的小男孩。在老人的日记里，反复出现这样一句话：“那是从天上飘下来的礼物。”

我明白老人的话，那也许是老人孤寂的生活里唯一的一点期盼。

（摘自《读者》2012年第24期）

冷　爱

苏沧桑

母亲带女儿逛服装市场，与摊主讨价还价。女儿说：“不要还价了，买下吧，人家赚钱也不容易。”

母亲欲言又止，掏钱买下。其实，朋友告诉过她，这儿的衣服，还价一定要狠。这些卖衣服的人，比他们富得多。果然，她给女儿买的几件衣服，比朋友买的贵了一倍。

朋友说：“你傻啊。”母亲当然知道自己买贵了，但她不想打击女儿的善意，让女儿觉得她俗、世故。

母亲身体不舒服，但还是硬着头皮去机场接女儿和她的女同学。女同学是北京人，她俩一起在美国读书，一起租住。女儿什么家务都会做，女同学却什么都不会。女儿像个保姆一样照顾她，包括帮她修门锁。

为了接这个同学，女儿一个人从老家坐长途车赶到机场，等了三个小时，然后叫母亲开车去机场接她们。

“你不累吗?”母亲心疼极了。

“不累不累。”

母亲说：“咱们去吃海鲜吧，你好久没吃了。”

女儿说：“她喜欢吃辣，我们去吃沸腾鱼吧。”

“你不是上火吗?”

“没关系。”

母亲和工作繁忙的父亲一起陪她俩玩。父母无微不至地照顾她，她却无微不至地照顾着那个女同学。然后，女儿还要父母开车送她们去一个小县城，做公益，献爱心。

父母累坏了，心也开始隐隐疼起来。父母心疼着她，她却心疼着别人。

想起当年高考那几天，母亲给她送饭菜，所有碗筷都要用滚水烫一遍才敢给她用，手烫出了泡。送到学校前，把每道菜都夹点出来，试吃一下。但女儿一吃完，就催她快走，以免影响和她同住的同学午休。

高考结束那天上午，她走了好远的路，给女儿买了一束鲜花，满头大汗地伏在脏兮兮的花架上写祝愿卡，希望给女儿一个惊喜。为了让女儿一出校门就能看见自己，她执意提前下了空调车，去校门口晒着太阳等女儿。女儿不知道，看到母亲和一大束花，害羞了，不愿意拿，连声说“不要不要”。

女儿是班干部，主动承担了帮全班同学准备毕业典礼小礼物的任务。可她一个人，怎么拿得动呢?母亲只好不顾上司的白眼请了假，载着她，跑东跑西。

终于放假了，女儿和同学们约好出去旅游，女儿揽下了给大家垫钱买机票的任务，然后，把这个任务，转交给了已经忙得不可开交的母亲。

母亲的心又隐隐疼起来。女儿怎么就不知道心疼一下家里人呢?难道，父母是自己人，就该毫不客气?即使无意伤了，也伤得起?

有一天，女儿突然说：“妈妈，高考那几天，我看到新浪网上有一条新闻，一个妈妈送女儿考试，被车撞了。那几天，我好担心你。”

母亲的泪一下子涌了上来。

怎么能怪女儿呢？女儿还小，还不懂。在她眼里，父母是万能的，这也是他们多年宠爱的结果。不管怎样，她是善良的，是想对别人好的，这又有什么错呢？难道，让她自私一点，少一点爱心？

这世上，总有一些狗拿耗子的热心人，不是伤了猫的心，而是伤了最亲近的人的心。

曾经有一个杭州男人，业余时间为过路人义务修自行车，每天深夜才回家，修了整整二十年。人人都说他好，他也很满足。可他的妻子，在一个个空洞无趣的日子里独自操劳着，夜夜苦等。

一个农村男人，举债八万，买来各种杂志书籍，要自办一个乡村图书馆，免费为村民服务。儿子女儿为此辍学，妻子要和他离婚，村里并没有人帮他，说他好，但他还是坚持。

一个刚刚怀孕的女人，得知自己领养的弃儿患了白血病，为了救他，瞒着丈夫，偷偷去做了流产。丈夫实在无法接受，选择离婚。一个家就散了。

这样只为外人想，而让亲者痛的，比比皆是。

有时，爱并不总是柔情似水、温暖如春，它也会结成冰，变成匕首，伤到至亲至爱的人。可是，这份冷爱，好比玫瑰，花朵那么美，谁还在意刺呢？

（摘自《读者》2015 年第 14 期）

茶苦茶香

王虹莲

他爱上她的时候就发现了，这个女孩子是如此的爱喝茶，而他从来不爱喝茶，入口就是苦涩，所以，冰箱里总是各式各样的饮料，而她总是笑着说，早晚有一天，你会爱喝茶的。

他想，江南的女子大概都爱喝茶吧，一杯上好的龙井或者碧螺春往往就是一首诗呢，这是她说的。所以，他以后去江南出差，总是买了最好的明前茶给她，爱情就是这样吧，如果爱了，就愿意给爱人最好的。

而他依旧喝他的饮料，从冰箱里拿出来，一打即喝，不像她似的，要那么讲究的茶具，还要一步步慢慢地运作，他像在看茶艺表演。多累啊，他总是笑话她，说她注重过程比结果更甚，而她说，没有精彩细致的过程，怎么会有好的结果？

但他爱看她喝茶，她手捧一本旧书，放了古筝的曲子，长发柔柔地飘下来，然后她手执那精致得不像样子的茶具，一小口一小口地喝着，真是一幅好画，那一刻，他是喜欢的。

她和他说过，一斤茶叶要采七万个幼芽呢，那一刻他惊住，不相信要采七万个才得这一斤茶。她笑说，就像好的爱情，也许要历经很多次的风雨才能达到吧，而他不信。当然，他依然坚持喝自己的饮料，这般的方便和刺激，像广告上说的，晶晶亮透心凉，夏天里一杯冰凉的饮料，多爽啊，比喝那热热的茶要舒服多少！

后来结了婚，她依然是积习难改，只是生活的忙碌让他有些看不惯她的做派了，永远一副懒散的与世无争的样子，像泡在杯子里的那温温的茶。其实，她的性格也像那茶，温润的、散漫的、自然的，只是他，越来越不习惯了。于是他说，别把那些光阴浪费在那些茶上吧，你也可以尝试着喝饮料啊。

而她笑说，不习惯。第一次，他讨厌她那慢吞吞的样子，永远和现实有一步距离，不像那些和他一起泡酒吧的女孩子，真炫啊，什么都敢喝下去；而她，单薄到只是喝茶，而且长年一个人在家里喝，一个姿势，仿佛永远不厌倦。

但他倦了，对于婚姻的厌倦就像讨厌那屋子里散发着苦涩味道的茶香，很快，他们分开了。她走了以后，屋子里没有淡淡的茶香，开始他觉得很好，还找了一大帮臭味相投的人来家里喝酒聊天，结果弄得家里乌烟瘴气，烟草味混合着酒精味，家里再也没有那种清香的气息了。

他一个人过了很久。

他还是喝饮料，但久了才发现，这种东西喝多了胃胀，而且色素太多，刚喝下去刺激，时间越长胃越不舒服。有一天，他一个人实在闷，整理旧物，忽然看到抽屉里还有一罐封存得很好的碧螺春，于是他找了一套她留下的茶具，然后自己简单地冲了一壶茶，放了一年多的茶，居然还是那么清香，很快，茶的清香弥漫了整个屋子，他忽然感觉到眼睛酸酸的。这么久了，他才知道，那些气息对于他来说是如此的熟悉，甚至有了一种久违的亲切。

他喝了第一口茶，苦涩，先是舌尖，然后迅速达到舌根，他皱了一下眉；然后他再喝，居然喝出了温润，一下到了胃里，极温暖，像是一把熨斗在熨。他想起她说过的，喝茶是在品生活的味道。喝到第二杯，如在空灵的雨中禅寺，于是想起恋爱时她喝茶的样子，那样的清丽与不俗。喝到第三杯，已是有了淡淡的甘甜，他才知道，茶到三杯原是淡淡的香和淡淡的甜，只是，他一直没有耐心喝到第三杯，就像他们的爱，没有等到好好体会到爱情的美好就中途散了场，落得了无言的结局。

后来，他也爱喝茶了，当然，又结了婚，新婚的妻子问他，怎么这么爱喝茶啊？他总是笑着，淡淡地说，茶苦茶香，并不是一朝一夕能品味出来的，因为很多人没有耐心品到茶的甘甜就放弃了。

所以，他总是还会想起她来，只不过，是在那偶尔喝茶的午后，因为是她教会了他——原来，爱是一个慢慢的等待的过程，就像从茶苦到茶香。

（摘自《读者》2004 年第 11 期）

藏在岁月里的温暖

王　豪

南风暖融融地吹拂着。

田地里大片大片的油菜花开了，黄灿灿的夺人眼球；而荞麦宛若羞涩的少女，低着腼腆的脸，有些不知所措地站立着。此刻午后的暖阳照向大地，舒适得令人慵困。一条碎石路闪着石子特有的光泽延伸向远方。

这是 1937 年的春天。

路旁站着一对男女，他们牵着手，彼此默默无语。目光流转之处，一片春暖花开。

四周静得出奇。湛蓝湛蓝的天空中飘浮着大朵大朵的云，像极了酣睡的婴孩。南风依旧拂过野草，发出“沙沙”的声响，却是极微小的。

已然是春天的时节了，无名的碎花开了一地，那儿一簇紫色的，这儿一簇白色的，有着莫名芬芳的花在微风中摇曳，散发出淡淡的清香。

女孩微微踮起了脚尖。

她伏在男孩结实的肩上，瘦弱的肩一起一伏。男孩的模样十分坚毅却又柔情似水。

静静的河水淌过春天的臂弯，搅起几许冬日残余的冰寒；几只早已脱了漆的旧木船泊在河岸边。清清的水招摇着油油的水草，在金色的柔波里，穿行过黑黑的鱼儿，一圈一圈的水泡浮上水面。

女孩开始小声啜泣起来，却又不知什么时候停止了哭泣。

又是一阵轻柔的风，吹得花香四溢，大地的气息中却夹杂着战火的硝烟味儿。

女孩紧紧地抱住了男孩。

男孩身旁的一个布包上扎着一个小小的蝴蝶结，那粉红的颜色显然是女孩精心挑选的。

……

眼前的画面开始变得模糊，模糊得只剩下一双相拥在一起的人儿。

“这么多年了，我还记得那年的春天。春天呀，到处是花儿草儿的香味儿……”祖母的声音如流水一般和缓，在轻诉着一段往事，“那是战火纷飞的年代。那年，你的祖父参了军……”祖母的声音变得有些伤感，“这一等便是5年。每年的春天，我都会去那一块花地走走，闻闻，听听，想想，念念……第5年的春天，他便回来了，我认得那黝黑的脸庞和怀里的小怀表……”

午后的暖意在祖母的脸庞上荡漾开来，崭新的相册悄悄地翻过一页。“那会儿在农村，还是小伙子小姑娘呢，像你这样的年纪吧。饥馑的年代里，我们在春天一起去挖野菜，蕨菜、马齿苋……我们提着满满一篮的春光欢笑……”

祖母的眼里闪现出柔和的光芒。

相册的最后一页上，两人的笑意定格，却还是春天，只是时光褪去了青春的色彩，彼此在内心深处的相守温暖了岁月。

“你们在说什么呢？我也听听。”祖父爽朗的声音从阳台传来，带着微微的笑意。

午后的阳光偏了一个角度，泛黄的墙壁上，时钟在“嘀嗒嘀嗒”地走着。

（摘自《读者》2012 年第 21 期）

共同经历一场爱情

孙道荣

她是一家公司的销售员，每天要坐一个多小时的公交车去公司上班。这是一段漫长而乏味的旅程。直到某一天，一切忽然改变了。

那天，像往常一样，她漫不经心地上车，找了一个空位子坐下。

公交车缓缓地继续行驶，她一抬头，坐在她侧前方的一位小伙子，一下子将她镇住了。

她的心怦然而动。

随着车子的颠簸，她又忍不住偷偷瞄了他几眼，越看越帅，越瞅越觉得像她非常喜爱的一位明星。她的心禁不住一阵狂跳。像传说中的一见钟情，她遏制不住地喜欢上了他。

此后几天，她又在公交车上几次遇到他。她用心留意了一下，公交车每隔 15 分钟一班，只要赶上早上 7 点半的那趟公交车，就一定能遇见他。于是，每天她都会早早地赶到公交车站，一直等到那趟车来才上车。

故事却忽然卡壳了，因为，她不知道怎样接近他，怎样才能和他搭上话，怎样才能认识他。焦灼难耐之下，她将自己的故事发在了小城的网络论坛上，希望有人能帮她出点主意。

没想到，她的帖子很快引起了网友们的关注，短短半个多月，点击率达到 50 多万人次。

人们纷纷帮她出主意——有人说，他不是戴着手表嘛，向他问时间，然后自然而然地搭上话。有了第一次问时间，以后就可以打招呼了……有人反对，说问时间太老套了，其实可以来点小计谋。上车从他身边经过时，故意不小心踩他一脚，然后跟他说“对不起”，并顺手拿一张餐巾纸递给他。这样，既可以认识他，又可以借机考察一下他的人品。如果他对你也有好感，故事就可以继续发展了……有人说，不如跟他借手机，一般情况下，女孩子向男孩子借手机，都会成功的……有人补充说，对，就借手机。先把自己的手机设置为静音，然后，装作手机不见了，很着急的样子；然后，请他帮忙，让他用手机打一下你的手机，这样，不但搭上话了，还互留了手机号码。如果他也有感觉的话，这就算对上暗号了……有人说，干脆直接走到他身边，盯着他，告诉他，你喜欢上他了……大家想出了各种各样五花八门的办法，老套的，实用的，浪漫的，机灵的，新潮的……应有尽有。

人们热切地关注着她的进展。

她终于鼓足勇气，迈出了重要一步，和他对上话了！

那天，相同的时间，坐上了相同的公交车，遇上了相同的他。她忽然发现，自己的手机没电了（真没电了，不是装的），于是，她给自己打气，勇敢地向他借手机。正当他翻找手机的时候，她旁边的一个乘客，主动将手机借给了她（这好心来得可真不是时候啊）。不过，没关系，她和他终于说上话了。

她及时将这一重大消息发布在了网络上，网上一片赞美和祝福。他们真的恋爱了。

她不断地更新帖子，向人们讲述他们的故事。人们热切地关注，跟帖，祝福……我也是其中的一个网友。每天，我都会打开那个网页，关注着她的进展。人到中年，我早已没有激情，我的爱情，已是很久远以前发生的事情了。今天，我却像个浪漫的少年一样，关注着一个我并不认识的她的故事。网络，将几十万人聚集在一起，共同经历了一场普通却又不同凡响的爱情故事。

一位网友说得好：爱情很美好，比爱情更美好的，是向往爱情的心。

（摘自《读者》2010 年第 2 期）

充满爱心的谎言

李家同

林教授是我们电机系的教授，从小就一切顺利。别人考高中送掉半条命，林教授在全无补习之下，轻松地考进了明星高中，然后就一帆风顺，硕士毕业三年后，就拿到了博士学位。

可是林教授有一件事不太顺利——他虽然有了未婚妻，却一直没有结婚，似乎他的未婚妻老是拖三拖四的，不论他如何努力，他的未婚妻始终不给他确定的结婚时间。

有一天，我在研究室里忽然接到了林教授的电话，他说他在埔里的麦当劳遇到了大麻烦，叫我赶快去救他一命。我赶到麦当劳，发现他在照顾一个小男孩吃冰淇淋。

这个小孩黑黑的，大眼睛，可爱极了。林教授看到我以后，安抚了一下小男孩，叫他一个人继续吃，然后走过来，轻轻地告诉我一个很滑稽的故事。

林教授说他今天来麦当劳吃汉堡，在排队的时候，忽然有一个小鬼拉他的裤子，叫他“爸爸”。他请他不要再叫了，但没有想到这个小鬼一点儿都不为所动，反而越叫越大声，令林教授窘不堪言。有一个胖女人，一听到林教授否认他是小鬼的爸爸，气得不得了，她带了一把伞，拿起伞来就打林教授的头。林教授发现情况不妙，赶紧替小鬼点吃的东西，并陪他吃饭。现在饭已经吃完了，他又点了冰淇淋给他吃。

林教授问我该怎么办，我首先问他究竟是不是这个小男孩的爸爸，林教授一再否认。他还说，实在迫不得已，他可以用DNA检验来证明他完全是被小男孩栽赃的。

我说我们唯一该做的事情就是将小男孩送到派出所，林教授同意了。他将小孩抱起来，因为这个小孩已经睡着了。到了派出所，林教授一字未提这个小孩叫他爸爸的事，只说他发现这个孩子走丢了。警察说已经有人报了案，这个孩子的妈妈病重，在埔里医院的加护病房，爸爸已经去世，孩子是由阿姨照看的，阿姨一不小心，孩子就溜到街上了。现在总算被我们找到了，警察也很高兴。

警察认得我，叫我签了字，答应尽快将小孩送回埔里去。之后我们到了埔里医院，孩子的阿姨看到他平安回来了，就松了一口气。她一再感谢林教授，也告诉我们孩子的妈妈已经昏迷，去世大概仅仅是时间的问题了。孩子呢，他不太懂这是怎么一回事，只是紧紧地抱住林教授不放。林教授打了个电话给他的研究生，说他有事，无法和他们见面，然后又给了我一个任务，要我去公交车站将他的未婚妻接到医院来。

林教授的未婚妻听了这个故事，觉得很好玩，她认为这件事简直有点儿不可思议，怎么会有小孩子无缘无故地叫陌生人爸爸？我说也许他们有缘，这一点林教授的未婚妻很快就发现了，她亲眼看到孩子和林教授难分难舍的景象。

不久以后，小男孩的妈妈去世了。林教授决定正式收养这个小孩子，小孩子现在的监护人是他的阿姨，她毫无意见地答应了。南投县社会局原则上同意林教授正式收养那个男孩子，但唯一的条件是他必须在三个月内结婚，如果他在三个月内仍是单身汉，他们就要考虑别人了。我们都替林教授捏了一把汗，试想他的未婚妻一直不肯确定结婚的日期，这次又如何会答应呢?没有想到林教授的未婚妻立刻就答应了。

婚礼很快就举行了。我们都替林氏夫妇高兴，因为他们平白无故地有了一个四岁的儿子。一年以后，他们的小孩也诞生了，是个白白胖胖的小女孩。现在，林教授的小女儿也会走路了，我们常常看到林教授夫妇在黄昏时带着他们的两个顽皮小孩在暨南大学的草地上玩，任何人都会从心灵深处感到温暖。

有一天，我闲来无事，将整个故事从头到尾想了一遍，然后发了一封电子邮件给林教授。这封电子邮件只有一句话：“林大教授，那孩子当时究竟有没有叫你爸爸?”

不久，电话铃就响了，林教授说他要到我研究室来看我。我知道他为什么要来，他是来招认的。

我准备了一壶咖啡，林教授喝了一杯咖啡以后，坦白地承认孩子当初并没有叫他爸爸，孩子走失了，在哭。林教授问他爸爸在哪里，孩子说“爸爸走了”，然后又告诉林教授他的妈妈在加护病房。我们的林教授灵机一动，一面买东西给小孩吃，一面编了一个感人的故事来骗我这个糊涂老头。

林教授问我是如何知道他乱编故事的。我告诉他，他的故事自始至终没有人证，他和我讲孩子叫他爸爸的时候，声音极小，旁边的人都听不见，那个小男孩正全神贯注地吃冰淇淋，所以也听不见他未来的爸爸在说什么。最重要的线索是：他说有一个胖女人用伞打他，那时是冬天，天气非常好，没有下雨，太阳也不毒，没有人会带伞的，这是他故事的一大漏洞。

林教授表示他不在意我拆穿了他美丽而充满爱心的谎言，却不知不觉地又倒了一杯咖啡喝，其实他是多多少少有些紧张的。至于林太太呢，她说她早就知道林教授在乱编故事，她之所以一直没答应和林教授结婚，也正是因为林教授特别会乱编故事。那件事以后，她发现林教授心肠非常好，只是有时有点儿狡猾，可是狡猾都是为了开玩笑，没有任何恶意。她的想法是一个如此有慈悲心的人，将来一定会是个好丈夫，于是就答应跟他结婚了。果真，林教授不仅是个好丈夫，也是个好爸爸。

世界上可能的确有完美的事情。林教授自以为聪明过人，以为只要能编出一个将未婚妻骗得团团转的故事，一切就会很美满。其实不然，他的故事后来发展得如此之好，是因为他是个好人，好人常会有美满的家庭。

（摘自《读者》2014 年第 18 期）

总有一个人要先走

巫　凉

爸爸被查出身患肺癌那天，妈妈并没有表现得过度伤心，她只是怔了好久，然后悄悄抹掉了眼角的泪花。

爸爸也很冷静。在详细咨询了医生、得知化疗的过程和结果后，他独自在房间里待了一天，出来吃晚饭的时候宣布，他拒绝治疗。在我和妻子小季的劝说和反对声中，妈妈始终沉默着，一声不响地往爸爸碗里夹了几筷子菜。

爸爸有医保，治疗费用家里能承担，但爸爸坚持不治疗。他说接受治疗不过是延长数月至大半年的寿命，他不愿意把自己最后的人生放在医院，在那里接受一次又一次痛苦的化疗。在所剩不多的时日里，他希望过自己想要的生活。

妈妈沉默了许久，最后说了句："让我们回老家吧，你爸一直想家。"我和小季结婚后，把从学校退休后住到农村的爸妈接到了身边。但爸妈时常怀念农村出门就可见到的田园河流，喜欢邻里间淳朴的家常往来，不习惯大城市里的坏空气。

第三天，我和小季就将他们送回了农村老家。回去以后，他们的日子竟然也过得从从容容。

荒芜已久的院子被打理得生机勃勃，爸爸隔三岔五去花市，买来许多花、树，雇三轮车拉回家种下。我和小季每周回去看他们，小院里的花一次比一次开得繁盛。

爸爸瘦弱的身体穿梭在灌木丛里扶锄松土，妈妈在院子一角拎桶接水浇灌。我劝妈妈："爸爸身体不好，你劝劝他，别操心这些事了。"妈妈回答："劝不动，他做得高兴，就随他去吧。"

妈妈退休前是教植物课的，一辈子最喜欢的就是花。爸爸悄悄告诉我："这些都是你妈喜欢的品种，你妈一直想要这样一个院子。我年轻的时候总觉得自己忙，没空打理，又觉得日子还长，拖来拖去，居然拖了几十年。再不着手，就真来不及了。"妈妈的心愿，爸爸原来一直是记在心里的。

饭桌上，我看见爸爸并没有因病忌口，肉和辣椒什么的，只要他想吃的，妈妈都给他做。

临走前，我问爸妈要不要再跟我回去，爸妈拒绝了。爸爸说："广儿，爸陪你半辈子，知足了。你妈跟着我半世辛劳，爸剩下的日子不多了，想跟你妈两个人过点儿清净日子。这里挺好。"

生命最后的日子，爸爸选择和妈妈一起度过。

我和小季每周末都回家看他们。一个周末，妈妈提前打电话过来通知我们不要回去，说有亲戚结婚，他们要去参加婚礼，不在家。事后从姑姑口中得知，爸妈是出去旅游了，在云南待了八天。怕我和小季不同意，两人才商量好瞒着我们。

我生气地责怪爸爸对自己的身体不负责任，责怪妈妈太纵容他了。妈妈后来对我说："你爸时日不多了，我们就尊重他，让他把想做的事都做了吧。人活一辈子，终归是要走的，如果能做到不留缺憾，那就很完美了。”我无言以对。

从云南回来后的第二周，爸爸的病情加重了。

这一次，我们尊重了爸爸的选择，没有去医院。爸爸在自己家中，在我们的陪伴和注视中，平静地离开了人世。临走前，爸爸轻轻叫了一声妈妈的名字，妈妈把手递给他，两双干瘦的手握到了一起，十几分钟后，爸爸走了。

爸爸的葬礼上，妈妈井井有条地打理着事务。虽然悲伤，但情绪没有失控，她还用瘦弱的手臂环住了我因压抑哭泣而抖动的肩说：“广儿，不要哭，你爸走了，在那边再也没有病痛了。”

只是几个小时以后，送葬的队伍散去，妈妈还不愿意离开。她让我和小季先回去：“你们走吧，我想在这儿安静地陪陪你爸。地底下黑，他一个人太孤独。”

爸爸离世后，妈妈开始旅行。短短半年时间里，她去了三亚、南京和杭州等地。

回家看妈妈时，她翻开自己的旅游相册。我看见在云南时，虽有病态却一脸满足的爸爸握着妈妈的手站在洱海前；我看见他们在大理的小巷中悠然并肩前行；我还看见，在妈妈后来独自去的许多景点照片里，妈妈手上都拿着一张他们的合影。妈妈说：“这都是你爸生前想去的地方。他来不及去，我把他带过去。”

这时，我才第一次读懂了爸妈之间的深情。

“每次在医院里看见那些求生不能、求死不得的病人，我就庆幸当初没让你爸遭罪。我了解你爸，一辈子最要尊严，他不怕死，就怕走得不体面。你爸走，我是最伤心的那一个，但是我宁可看着他高高兴兴地走，也不愿看着他活受罪。我相信换了我，你爸也会这样做。”妈妈说，“每个人最后都是要走的，就像每一条河、每一条溪，最后都要流向大海一样。我愿意他从从容容地淌过去，在那儿等着我。”

爸妈的爱情，像一片无言的沃土，没有花哨的张扬，不需要浅薄的表达，却是彼此人生最可靠、最实在的根基。

（摘自《读者》2013 年第 19 期）

寒夜急诊

陈妙青

一

睡意渐渐袭来。她拉了拉被子，掖好被角。刚要睡着，忽听他说了一句："家里有止疼药吗?"她一惊，以为自己听错了。过了一会儿，他用胳膊肘碰碰她，又问了一句："有没有止疼药?"她没好气地说："没有。"

他性子急、脾气倔，而她爱唠叨，又小心眼儿。两人经常会为一些鸡毛蒜皮的小事发生口角。两天前，他们刚刚吵了一架。起因很平常。那天，她一直在厨房手忙脚乱地又是切菜又是翻炒，而他却悠闲地斜躺在沙发上摆弄手机。忙着忙着，她的无名火就蹿了上来，不由得对着沙发上的他唠叨开了："你每天进了家门就知道玩手机，从来不做家务。有你这样的吗？凭什么家务就该我一个人干!"如果此时他能发扬风格，明白女人的唠叨都是有口无心，少说两句，让她发泄一下消消气，也就算了。可他偏偏毫不让她，不耐烦地回敬："我不就闲这一会儿吗，你做个饭还以为自己有多大功啊?"两人就这样你一句我一句地吵开了，谁也不肯少说一句。吵急了他突然拿起手机狠狠地往地上摔去。"啪"，那部刚买不久的手机瞬间支离破碎。她一下子愣住，然后一句话没说，转身进了厨房，"砰"一声关上了门。随后，他也摔门而出。

屋子里很静。路灯昏黄的光从窗帘的缝隙里漏进来，斜斜地落在床上。她从被子里坐了起来，看了看，黑暗中他没动。她打开灯，看到他在被子里蜷成一团，整张脸痛苦地扭曲着。

两天来，他们一直在冷战。想起他平日的种种"劣行"，想起他摔手机的"野蛮行径"，又想着自己辛辛苦苦操持着这个家却不被他理解，她觉得心灰意冷，恨他入骨，甚至觉得这一辈子都不会原谅他。

二

她"啪"地关了灯，重新躺了下去。风凉凉地灌进了被子，她缩了缩身子，拉紧被角。他呻吟了一声，缓慢地翻动着身子。片刻，她又坐了起来，把灯打开，冷冷地抛过去一句："你哪儿疼?""好像是胃。"她犹豫了一下，拿起衣服往他身上一扔，说："起来，去医院。"

到医院时，已是凌晨 1 时。下了车，他强撑着想要站起来，却怎么也无法直起身子。她用力搀着他来到急诊室，迎面出来一位医生，她急急地说："医生……"对方打断她的话，匆匆地说："这会儿不接病号，正在抢救病人，你们去急诊科找值班医生。"

此时，他已像霜打的茄子，耷拉着脑袋，双手捂着腹部，蹲在急诊室门外的走廊里。她连拖带搀，把他弄到急诊科，简单说明了情况。值班医生稍作询问，说："先去做心电图和彩超检查一下吧。"随后又边开单子边说：

“去西边楼大厅交费，再去后面二楼做彩超，四楼做心电图。”

她搀着他又一步一步地挪下楼，找到交费大厅，把他安顿在椅子上休息。她跑到交费窗口，“咚咚咚”敲着玻璃窗。

好不容易交了费，做了心电图和彩超，医生看过检查结果说：“像是急性阑尾炎，抓紧时间去对面五楼找外科医生。”

看着他双手死命地顶着腹部，紧咬着牙，脸色苍白的样子，她转过脸悄声问医生：“医生，能不能先给他用点止疼药？麻烦您了。”“不行啊，你赶紧带他去外科楼吧，到那里看医生怎么说。”

她额头上渗出细密的汗珠，一把扯开羽绒服的扣子，再次扶起他艰难地往楼下挪去。

深夜的医院显得寂静、清冷而又空旷。她抬头看看天空，没有月亮。路灯的光惨白地照在冰冷的地面上，寒风一阵阵刮过来。她紧搀着他，在路灯下却像是只有一个人的影子。

他突然停住脚步，蹲了下去。

她说：“干什么？别停，得赶紧去。”

他的头垂在胸前，声如蚊蚋：“起风了，扣上你的衣服扣子。”

“少废话，快走。”

三

找到外科医生，她把检查结果呈给医生，心急如焚地等待“发落”。

她觉得犹如经历了一个世纪般漫长的时间，医生终于开了金口。

“你是他……”

“爱人！”她迅速地答。

“那好，在这儿签你的名字。”医生指着一张单子的空白处说。她看都没看单子上的内容，拿起笔签下了自己的名字。

他趴在办公桌的一角，双脚不停地在地上蹭来蹭去，嘴里不住地发出呻吟声。她再次谦卑地请求医生："医生，您看，他疼得受不了了，先给他用点止疼药吧?""这儿没有止疼药，你赶快去一楼交押金，我给他办住院手续。"她转身就跑。

经过楼上楼下的几番折腾，加上心里着急，本来瘦弱的她已感体力不支，可她此时只想快点把手续办好。

她抹了一把额头上的汗，对歪在休息椅上不住呻吟的他说："你在这等着，我马上来。"说完，她匆匆往楼梯口跑去。

"等一下，我跟你一块儿去。"

她一回头，见他已佝偻着身子，蹒跚地跟了上来。

"你去干吗？耽误时间。"

"你一个人不行，不认路。"

"你别管，我丢不了。"

"不行，我也去。"

她知道是拗不过他了，回头搀上他说："累赘，快走。"他们像一对蜗牛，在深夜的医院里缓慢移动。走了几步，她把他一丢，迈开步子朝前奔去。

四

西北角的那栋楼黑黢黢的，借着微弱的光线，她找到了交费处。那个穿着毛衣披着棉袄的小伙子睡眼惺忪地接过单子看了一眼，无奈地叹了一口气，说："唉，你来这儿交什么费啊？在办住院手续的地方交押金。"

突然间她感到无助极了。回头一看，他已经跟了上来。"你一个人不行，打电话叫个人过来帮你吧。"他说。她拿出手机，翻出弟弟的号码，可一看手机上显示的时间，她没有拨，又把手机放回衣兜。

他脸色蜡黄，想呕。她掏出纸巾递给他说：“你就在这儿等我，我再去问问医生。”可她并不知道要往哪里去。她是路盲，在陌生的环境里从来不会辨方向，更不认路。平时家中出外都是他独当一面，她一直在他的羽翼下生活。很多时候，他都把她当孩子一样呵护着。

“什么事，什么事?”不知从哪间屋子传出一个声音。

“找外科。”

“去最东边。”

她拔腿往最东边跑去。“开门啊，麻烦了，开下门吧。”屋里没动静。忽然从走廊的另一头又传来一个带了几许无奈的声音：“连东西南北都不分了吗?”她一愣，意识到自己跑错了方向，她迅速往真正的东边跑去。一时间，她像个做错事的孩子一样惭愧极了。

此时，她才发现在这寒冬腊月的深夜，自己的毛衣几乎被汗水浸湿。从外科出来奔到楼下时，她看见黑洞洞的楼梯口他蜷成一团的身影。

两个小时以后，她终于把他安顿到病床上，医生、护士开始忙碌。她跌坐在那儿，长出了一口气。猛一低头，发现自己居然穿着一双高跟鞋，鞋一侧的拉链已完全敞开，是出门时随便趿拉上的，难怪这么不得劲儿。

他紧蹙的眉头渐渐舒展，慢慢地睡着了。黎明时分，他醒来，一眼看见病床边的她，问：“你没睡?”她下巴一抬，眉毛一挑，嗔道：“我爱睡不睡，关你什么事!”

（摘自《读者》2015 年第 16 期）

幸　福

刘晓锦

楼下车库住着一对夫妻，50左右的年纪。男人生得黑瘦而精干，女人面庞圆润而白净。我上下班必经过他们的门前，早晚间自然少不了接受他们笑意盈盈的问候。

男人喜欢垂钓，常见他大清早提个小铁桶就地一倒，然后极认真地在一堆泥土里挑挑拣拣，将那些肥硕的蚯蚓装入一只玻璃瓶里备用。他并不恋钓，总是赶在晌午前骑着辆旧单车嘎吱嘎吱地回转。女人见了远远地迎上去，接过丈夫手中的战利品。如果运气好，可钓个七八条，但多数时候只能钓到两三条小鱼。女人并不怨，照样喜滋滋地剖洗烹煮。

进入夏季，夫妻俩起得更早了。他们将自家门前扫得纤尘不染，将小区花坛里的花木浇得水灵可人，翠意欲滴，而后搬出一张小圆桌，支在门前。桌上置一壶新沏的绿茶，一碟生姜拌干丝，两张葱油饼。两口子就着两只矮凳相向而坐，以茶代酒小酌浅饮，好生惬意。这样的场景天天见着，心中不免生出搬张小凳坐过去的冲动。

一日下班归来，女人笑吟吟地拦住我，转身拎出一个塑料袋，里面装着3个红艳艳的喜蛋。

男人在一旁憨憨地笑着：小闺女生了个小子，罢了罢了。女人按我在小桌旁坐稳，她自己则挪坐在了我的对面，打开了话匣子：这小闺女可是我们的一块心病，她身子骨单薄，又一直在家待业，幸亏嫁了个好丈夫，在饭店做大厨的，技术好，心眼儿更好。做岳母的眉目间透着莫大的宽慰。我试探着问：那你们双双下岗，每月能领取多少生活费？又是男人笑眯眯地抢答：两个人加一块有700了，够花了。我心里咯噔一下，那是我月工资的一个零头啊！起身离开时，我留意到小圆桌上已经摆上了简单而又考究的晚餐。

回到家中，小圆桌、素净的食物、700元的工资、男人女人脸上明镜一样的笑容，如何也挥之不去。曾几何时，这样的小圆桌我们也有过，也曾经像那样围着它热热闹闹地吃着，快快乐乐地说笑着，只是如今早已淘汰不用了。总以为衡量好日子的标准是：房子越住越宽敞，家用电器不断更新，三五日一次的酒宴应酬……看来，人并不是因了满桌的美味佳肴才胃口大开，而是因为具备了品尝生活的心情才吃得香甜啊。

这对平凡的人具备了这样的心情。他们不懂得什么叫CEO，不明白什么是熊市和牛市，没有任何一个风轻云淡月色交融的夜晚相携去听音乐会，但他们却具备了这样一种令我渴慕的心情。命运的方舟泊他们到一处僻静的码头，他们没有推脱，欣然上岸了。心灵靠岸后，一壶茶、一碟生姜干丝、两张葱油饼便是上好的日子。

（摘自《读者》2094年第10期）

网上绝唱

刘一达

屋里只有小雪、她的男友和一名护理。

“还有两天就到新年了，我想跟网友说几句话，也许这是最后一次了……”小雪艰难地对男友说。

小雪啊，在你生命的最后时刻，你想跟网友们说些什么呢？“我要把生命的欢乐留给网友们。”她嗫嚅道。

男友悲伤地拿起了笔和本子，记下了从她灵魂深处发出的每一句话。

第二天，雪停了。瀛海威信息网的网员们，在清晨接到了小雪的新年问候：

亲爱的朋友们：

你们好！

我是Rose，你们的朋友。我由于自身的原因，也许见不到各位了。但我会像一枝真正的玫瑰花一样，永远陪伴着你们，在你们苦恼的时候，我会给你们带来快乐，这就是我——一枝即将凋谢的玫瑰花！

由于自己的身体情况，我暂时没有太多的时间和你们交谈。我要接受医院的治疗。以前我很害怕去医院，因为我害怕死亡，但现在我不怕了，因为我身边多了许多关心我的朋友。如果有一天，这朵玫瑰花真的凋谢了，那请你们记住我的名字——小雪儿……

再见了，我的朋友们，我永远爱你们，记住当新年来临时，送给你们的朋友一枝玫瑰花，它会给世界带去温馨和希望。祝福你们，朋友们！

"信"发出去了，小雪仿佛完成了自己的一个使命，短暂的兴奋之后，她又一次昏迷过去。

12月30日，主治医师长长地叹了一口气，在病程记录上写道："病人病情进一步恶化，脑血管梗死引起全身性软瘫，脑间质水肿压迫视神经、听神经，病人已出现失明、失聪症状……"

此刻，"网"上的网员们还在感受小雪送来的玫瑰的芳香。大家沉寂无语。

Jasmine——张树新又一次被震撼了。她急切地要见到小雪，于是她紧急召集来公差部和信息部的工作人员。"想尽一切办法与小雪取得联系，我们一定要尽最大的努力去帮助她！"

由于小雪男友从未在电脑中留下她们的住院地址，张树新的职员只得在京城各医院四处寻找。

网员们也人人自问：我还能为她做些什么？

一位叫jxh的网员含着泪水，给"网"上的所有"居民"写了一首诗《送给Rose一枝玫瑰》：

我们来到这样一个网络/

我们拥有这样一个家庭/

你的快乐会在我脸上找到微笑/

你的哭泣会在我心中留下哀伤……

网员们频频在“网”上表达对小雪的爱心。人世间最美好最珍贵的真情，融进了无形的电波中，“信息网”一时成了“情网”，编织着一个动人的故事……

网友们开始为小雪捐款。

网友们开始准备送给小雪的新年礼物。

网友们心中的玫瑰不能凋谢——网员 LiuYu 准备买几百朵鲜红的玫瑰，送到小雪的病床前……

他们做好一切准备，只等小雪男友的“出现”。

她拔掉了输液管，朝死亡走去

还有一天，就是新年。然而，无情的癌细胞正在吞噬着小雪那年轻的生命。在极度的痛苦中，挣扎着的忍无可忍的她，拔掉了输液管，朝天国迅速地滑去……

小雪的父亲看着自己女儿痛苦的面容，昏了过去。男友无法克制自己内心的情感，扑到心上人身上……弥留之际的小雪，伸出苍白无力的手，跟男友的手握在了一起。她的脸上突然划过一道亮光，嘴唇微微开启，想说什么没说出来，苍白如纸的脸上露出了一个灿烂的微笑……

没有等到新年钟声敲响，离新年只差三个小时，离她的生日只差两天，小雪走了！

主治医师沉默了很久很久，才把雪白的床单，盖在小雪脸上。这一天，是他从医几十年中最沉痛的一天。

1996 年 12 月 31 日深夜，主治医师用颤抖的手，写下了小雪生命中最后的病程记录：“病人瞳孔放大，自主呼吸停止，经抢救无效，21 点零 9 分，心脏停止了跳动……”

电子时空，我们为心中的玫瑰送行

听从了小雪生前的嘱咐，男友没有惊动瀛海威时空。小雪不希望把自己死亡的信息传给“时空”的网友们。新年，她不希望大家为她活在悲伤之中啊！

1 月 2 日，这一天正好是小雪 25 岁的生日，她的男友清早就来到了医院，整容师为小雪精心地化过妆，他则带来了精心挑选的婚纱，在医院的小告别室里举行了一个催人泪下的旷世婚礼……

他在医院办完一切后，才伤心地将小雪的死讯输进网络，告诉大家。然后，他从网络中彻底消失了。

整个瀛海威时空为小雪的离去沉寂了三天。三天，网友们默默地为心中的玫瑰送行。

“网”上诗人 LQLQ，抑制不住内心的情感，写下了动人的诗篇——

……别哭，我最爱的人 /

记得你曾经骄傲地说 /

这世界我曾来过 /

不要告诉我永恒是什么 /

我在最灿烂的夜空中陨落……

三天之后，“情感小屋”的“门”又开了。网友们再次回到了这温馨的空间，然而心情却是那般的沉重。张树新泪流满面地“坐”在“情感小屋”里娓娓地述说道：

我是张树新，网上的名字叫 Jasmine。1 月 8 日深夜，我一个人坐在办公室的电脑前，在窗外呼啸凛冽的寒风中，仔细读完了“情感小屋”中的所有文字，竟一夜无眠。作为时空最早的设想者和建设者，我没有想到生命与激情竟有如此强烈的穿透力，电子时空也不能豁免。我相信所有到过这间小屋的朋友们心灵中，都已加刻了一道人生的感伤。

居民 Fidelio 曾希望我帮他找到海明威的《老人与海》，他说他要制作一个录音传到 Rose 那儿；居民 LiuYu 曾在一个深夜里，在网上呼叫我，希望每一个人都能送上一枝玫瑰到 Rose 的病房；居民 Jxh 曾闯进我正召开会议的办公室，对我说："听说 Rose 没几天的生命了，我们怎么办?" Rose 的男友也曾在"网"上发了一封公开信……而这些都只是短短几天之内发生的事情。遗憾的是，当新年就要来临的时候，Rose 离去了。

我们大家都没有见过 Rose，就像我现在已记住了许多网上著名活动家的名字，但我们却从未谋面，甚至不知道其是男是女，然而我们又是那么的熟悉。我相信在每一个人的心目中都有一个自己设想的 Rose，一个 25 岁在人生最美丽的女性生命，一朵在人生最美好阶段，悄然凋谢的玫瑰。

我们的"情感小屋"，随着 Rose 的离去经历了一次生命的洗礼，关心 Rose 的朋友们都很难忘记在这短短的半个月内发生的事，都会更加珍惜自己生命的美丽。

小雪在生命的最后时刻，完成了她生命的美丽：一朵玫瑰凋谢了，芬芳却留给了活着的人们!

（摘自《读者》1997 年第 8 期，有删节）

有那么一个人让我爱恨交织

张　春

哥哥和我，不算是非常亲密的兄妹。

小时候他不喜欢我，常常揍我。还记得大概在我七八岁的时候，我拿着一把杀猪刀走到他面前跟他说："我要杀了你。"他机敏过人，瞬间就明白什么是我最害怕的反应。他突然活泼地摇头晃脑起来，嬉笑着说："你来呀，你来呀！"我气得手脚发软，刀也拿不动了。为数不多的几次反抗，均以失败告终。

其实我小时候非常崇拜他，他是镇里远近闻名的神童和小大人，4 岁时直接上二年级，二年级时就当大队长，开校会要站上小板凳才能够得着桌子上的话筒。他 4 岁时就和爸爸一起上台说相声，6 岁时在陌生的大城市里迷路，冷静沉着地问路自己找到妈妈。

我非常希望他带我一起玩。他发明了一个游戏，叫"妈妈接旨"，就是举着一块搓衣板喊"妈妈接旨"，然后说一大段半文半白、表扬妈妈的话。

我就是那个跟在传圣旨的大官后面的、笑得前仰后合的小太监。

他还发明了“录音机”的游戏——妈妈给我们俩一人一桶圆饼干，我舍不得吃，一直在舔第一块。他则立刻就吃光了，然后跟我说：“我们来玩‘录音机’吧!”怎么玩呢？就是假装他是一台录音机，饼干就是磁带。只要把饼干塞进他弄得扁扁的嘴里，按一下开关——鼻子，他就会哼哼唧唧地唱歌。如果再塞一块，就表示磁带翻面儿，他还会倒着唱呢！我把自己的饼干全都塞完，还在遗憾没有更多的磁带可以玩了。

就算是他用烟盒里的锡纸包着自己的屁，然后用胳膊夹住我的头，逼我闻他的屁时，我一边哭着挣扎，一边还是觉得用锡纸包屁，真是好聪明。

他对我的折磨简直罄竹难书。莫名其妙地打我就不说了，叫我张狗、死狗，也不说了。我有一个橡胶的洋娃娃，是当成亲生孩子来照顾的。但是他折磨我的时候，就把洋娃娃的头拧下来，哈哈大笑着一脚踢飞。那个情景对我来说，是无法言喻的惊悚和残酷，那个时候我真的恨透了他。

长大以后我才知道，我一出生，妈妈顾不上照看他，而爸爸又很贪玩，也不管他了。神童很快明白，灾难的根源就是那个不知道从哪里来的臭烘烘的小孩。

我小时候曾经在大院的墙上写粉笔字骂他“张飞大王八”。因为实在太害怕被他知道是我写的，不惜又在旁边写上“张春大王八”。

不到 10 岁时，我得知一个传说：吃耳屎会变哑。我收集了一些耳屎，准备给他下毒，但经过长时间、反复、审慎的思考，并没有那样做。

我读初中时他读高中，我们在同一所学校，我非常怕他，在学校里远远看到他就汗毛倒竖地躲起来，暗叫：“完了完了！我哥来了!”

我初中毕业后去外地读书，那是我第一次离开他，虽然他也在那个地方读大学。由于分离，他似乎变得喜欢我了一点。他听说宿舍的人欺负我了，脸色阴沉地来找我，眼睛血红。我跟他讲，事情已经过去了。他点点头回去，一共只说了两三句话。后来我才知道，他是怀里揣着棍子来的。

有一回，他问我："妹妹，你希望我成为一个什么样的人？"我说："都可以吧。"他说："不管我是亿万富翁还是要饭的，你都是我妹妹对吧？"那是多年来我们兄妹间屈指可数的几个煽情的瞬间之一。

有那么几次，他骑车载我去学校，在后座他看不见我的地方，我神气活现地仰着头，希望每个人都能看见我。但一跳下车，我立刻拉长脸，装出漫不经心的样子，怕被他知道我喜欢这样，就再也不让我坐他的自行车了。

十几岁的某一年，我偷偷喜欢上一个男孩，怀着"早恋"的巨大罪恶感，跟哥哥讲了。他说："要是真喜欢就谈场恋爱嘛。"但过了几天，他打听了一番那个男孩的来龙去脉，怒气冲冲地对我说："你什么眼光，人人都说他名声很差！"

后来，我和一个小混混谈恋爱，那个男孩傻兮兮地居然给我哥写了封狗屁不通的邮件，大意是"我要跟你妹妹谈恋爱，要打要杀请随便"。我哥没有回复他，而是直接给我发了几个字："你不配做我的妹妹。"

我不知道他爱不爱我，不知道自己是什么样的人。我们一起坐火车出门，车站临时宣布要换车，要抢座位了。他听完一言不发，抓起所有的行李拔腿就跑。我想也没想立刻跟着跑。我们已经上了火车坐到了座位上，其他候车的人还在沿着通道往门口挤。他说他本来想自己先跑上去占座再来叫我，回头一看，我居然紧紧跟在他身后。他因此大感快慰，说再也不用担心我在外面会有事。我想，原来自己也是有一些能力的，和他一样敏捷沉着。更让人振奋的是，原来他是担心我的。

在那之后的很长时间里，我突然变成了一个不向往恋爱的少女，我剪着很短的头发，拖着比自己还重的行李到处跑，跟骗子流氓斗智斗勇，认真读书学习，交朋友，变漂亮，努力去经历果断勇敢的人生。我渐渐长大，暗暗计划着做一个有能力的人。一次，因为一个争执，我气得浑身发抖，端起一锅粥走到他面前，泼到他身上，然后赶紧跑了。奇怪，小时候怎么从来没想到这么做呢？

我似乎一直在尽量远离他。

后来我果然走了，越走越远。我所选择的生活、结交的朋友、恋爱的对象，都尽可能地和他的标准不同。我们一年只见一两次面，甚至在网上也几乎不联系。某年端午节，他突然打电话祝我节日快乐，我吓得不轻，一直盘问是不是家里出了什么事。

中专毕业后要面临就业和考学，我问他："如果考上中央美院会怎么样?"当时我们那个市还没有上中央美院的人。他表情震惊，看着地面说："考上中央美院，那你就是画家了啊。"于是我被那个让他震惊的目标激励着，就去考中央美院了。

终于收到中央美院的录取通知书时，他攥着我的通知书准备上街去裸奔。虽然后来被阻止了，但他还是在那天喝得酩酊大醉，醉得不带一丝烟火气地溜到桌子底下躺着。

爸爸去世那一年，他在另一个省的某个电台做主持人。他在节目里放了一首《想和你去吹吹风》，然后关掉麦克风在直播间里痛哭。他问我："爸爸死了吗？你才 19 岁，你真可怜。所幸我们有两个人，即使我们仍然无法互相表达，却仍然知道世上至少有一个人明白这一切。"

在被命运一次次碾轧时，我和哥哥才意识到我们的痛苦是交叉的。

如果每个人的生命都是一条河，那我和哥哥的血，就是这两条河里流着的相同的水。甚至连相互失望的时刻，都是这样。哥哥的那条河，也是我的河；对彼此的厌恶，就是对自己的厌恶；对彼此的爱，就是对自己的爱。这个世界，似乎正是因为并不完美，才值得一活。

（摘自《读者》2015 年第 13 期）

家有小妹不好惹

妹妹曲琦不但漂亮可爱，而且聪明机智。作为她的姐姐，很多时候我都觉得爸妈生下我是为了突出她的优秀。虽然只是十几岁的年纪，我已经明显地感觉到，我和曲琦以后的人生将大相径庭。

事实也是如此，高中毕业后，我读了师专，两年后成为一名小学老师。曲琦则进了名牌大学，毕业后被保送至美国斯坦福大学攻读 MBA，后来留在了美国。曲琦每年都会回来一次，带着父母和我出去旅游，忙着和她的同学们聚会。曲琦每次离家时，总有很多的朋友来送她，以至于我和父母都没有机会。爸妈时常感慨：孩子如果太优秀，更多时候就不属于父母了。

每当爸妈说这话时，我内心总有种复杂的感情。这些年，我离开他们最长不过一星期，就算是读师专时，我也是每周必回家的那一个，带回脏衣服，也带着对学校伙食满腔的抱怨。有时，爸妈也会说：“曲哲，你啥时才能像妹妹一样独立?”

很多习惯的养成，需要时间。比如我对父母的依赖，渐渐让他们习惯了凡事对我照顾；比如曲琦始终如一的优秀与独立，渐渐让爸妈凡事对她放心。

我结婚时，曲琦推掉了好几个重要客户从美国赶了回来。婚礼当天，老公在更衣室数落我选的那套礼服不好看，我当时并没有放在心上，但在一边帮我换衣服的曲琦却火冒三丈：“这个时候来计较这个有意思吗？也许你并无恶意，但我必须告诉你，别以为我姐宽厚就欺负她，我可不是好惹的。”

失败的姐姐

女儿两岁时，被确诊为自闭症。一年后，丈夫提出离婚。

曲琦得知消息后急忙赶了回来。本来以为，以她的性格，一定会将我女儿的爸爸痛骂一顿，可是，她只是约他出去谈了谈。回来后，她劝我与丈夫离婚：“姐，每个人的承受能力不一样，与其让他在这样的压力面前变成一个扭曲的人，不如让他走。”

听了她的话，我胸中郁积了很久的怒火噌噌地往外冒：“你不是我，当然不知道有一个患自闭症的孩子是怎样痛苦！别拿你的一帆风顺来教训我的千疮百孔，我过的日子是你永远也体味不到的……”

我就会跟她吵，我本能地认为，是老天作弄，把幸福快乐、聪明美貌都给了她，而我则承接了不幸的那部分。所以，不管是她为我女儿找了最好的康复学校、陪着我离了婚，还是给了我大笔的钱，我都没有多少感激。我的人生，不是这些金钱与安置可以复原的。

那一次，看着临行前的曲琦与为她送行的朋友轻松地说笑，我狠狠地在心里咒骂了命运的不公。

回美国后，她每天都会打电话给我，问我有没有交新的男朋友，问女儿病情的进展，还会跟我说及美国对自闭症孩子的养护情况。每一次，她都会对我说："姐，一切都会好起来的。老天给了你一个患自闭症的女儿，但也给了你一个做不平凡妈妈的机会。"

女儿五岁那年第一次开口叫"妈妈"时，我第一个想到的便是拨越洋电话给她。是的，她总是对的。医生曾经对我说过，女儿可能这辈子都不会说话。只有我自己知道，为了这两个字，我付出了多少。步入中年，我依然平凡，但我可以对女儿说："我是一个非凡的妈妈，我为你做出了许多非凡的努力。"

上哪儿去寻"亲密无间"

老爸轰然病倒时，我在第一时间给曲琦打了电话。一次次在病危通知书上签字时，我再次重温了女儿被确诊为自闭症时的无助与绝望。3 天后，曲琦回国，从北京请来专家会诊，她的朋友轮流来医院照顾老爸以及在家里六神无主的老妈。曲琦回来后，一切都变得井然有序。

老爸终于被抢救过来了，但生活再难自理。我扑在老爸身上默默流泪，一半为老爸，一半为此后艰难的日子。而曲琦只是站在窗前，静静地望着窗外。我吼她："你能不能不这么冷静？躺在这里的，是咱们的爸爸。你倒可以一走了之，以后他所有的吃喝拉撒还不都是我负责……"

老爸出院后，曲琦请了一名护工，月薪 5000 元，据说这名护工是专门护理脑血栓病人的。曲琦回美国前，给了我一笔钱，她说："姐，你永远别为钱发愁，有我呢。"我说："我知道你有钱，这些钱可以给你换来最大的自由。爸妈辛苦培养出一个优秀的女儿，就是为了让她拿出最多的钱，在他们最需要她的时候，离他们十万八千里。而那个不优秀的，当然就是端屎端尿的命了。”

曲琦什么都没有说，只是那次回美国，她是一个人走的，没让任何人送行。

啥事都一起扛

回到美国的曲琦每天都会跟家里请来的护工视频，交流一些老爸的情况和美国的护理经验。也会给我打电话，依然乐观地认为我会遇到真爱。

命运有时真是个奇怪的东西，在陪女儿做康复训练的过程中，我结识了一个外科医生。曲琦得知我的新恋情后并不意外，只是说：“姐，我早知道一定会有更好的感情等着你，你一定会幸福的。”

我们的婚礼没有仪式，只是领了一纸结婚证书，然后，他拿出两张飞往洛杉矶的机票，把蜜月之旅变成了探亲之旅。

在机场，曲琦喜极而泣。为期 10 天的蜜月之旅，曲琦一直陪着我们。有一天晚上上卫生间，我看到曲琦书房的灯还亮着，灯光下的曲琦看上去很疲惫，这让我第一次对她有了心疼的感觉。

“为什么还是一个人？”我问。

或许，这样一个安静的夜晚，这样一个平和的我，让曲琦有了倾诉的欲望，她跟我说起初来美国时的忐忑与不安；说起金融风暴那两年先后两次惨遭公司裁员的经历；说起与大学同学那场无望的苦恋；说起每年春节想家想到流泪，却不敢给家里打电话的孤独与寂寞。

那夜，我看到了另外一个曲琦，陌生，却令我感到亲切。这些年，我习惯了接受来自曲琦的帮助，却不曾想过，谁的日子不是问题叠着问题、烦恼连着烦恼？倘若这些年没有曲琦的鼎力支撑，我在一个又一个的生活变故面前会变成什么样子？

接下来的日子，我会在出门前，打开她的衣橱，跟她互换衣服穿；我坚持不再去外面吃饭，而是每天都给她做好吃的家常菜，把她的公寓打扫得干干净净……

离开美国的前一夜，喝醉了的我们抱头痛哭。姐妹多年，这样的依依不舍来得真是太迟了。

回国后，我每天都会打电话给曲琦，有些唠叨，有些市侩。

一天，她在电话里的声音透着感冒的鼻音，我在一遍遍叮嘱她要吃药之后，终于鼓足勇气对她说："曲琦，回国吧。我只有你这么一个妹妹，我不想有什么心事与困难时，只能在电话里跟你交流，我想和你一起逛街，想帮你挑选合适的男朋友，想为你张罗婚礼，想帮你带孩子。还有，爸妈年事渐高，我需要有你在身边，跟我一起面对生老病死……"

电话的那一边，曲琦的声音有些哽咽："姐，你把我坚强的翅膀打湿了。"

半年后，曲琦回国了。很快，她就有了一份收入颇高的工作，也有了属于她的小圈子。而我和她，也终于成了彼此生命中最亲近的那部分。

（摘自《读者》2015 年第 10 期）

这辈子最爱的人

常　草

我的家在一个偏僻的山村，父母都是面朝黄土背朝天的农民。我有一个小我 3 岁的弟弟。有一次我为了买女孩子们都有的花手绢，偷偷拿了父亲抽屉里 5 毛钱。父亲当天就发现钱少了，就让我们跪在墙边，拿着一根竹竿，让我们承认到底是谁偷的。我被当时的情景吓傻了，低着头不敢说话。父亲见我们都不承认，说，那两个一起挨打。说完就扬起手里的竹竿，忽然弟弟抓住父亲的手大声说："爸，是我偷的，不是姐干的，你打我吧！"父亲手里的竹竿无情地落在弟弟的背上、肩上，父亲气得喘不过气来，打完了坐在炕上骂道："你现在就知道偷家里的，将来长大了还了得？我打死你这个不争气的。"当天晚上，我和母亲搂着满身是伤痕的弟弟，弟弟一滴眼泪都没掉。半夜里，我突然号啕大哭，弟弟用小手捂住我的嘴说，姐，你别哭，反正我也挨完打了。

我一直在恨自己当初没有勇气承认，事过多年，弟弟为了我挡竹竿的样子我仍然记忆犹新。那一年，弟弟 8 岁，我 11 岁。

弟弟中学毕业那年，考上了县里的重点高中，同时我也接到了省城大学的录取通知书。那天晚上，父亲蹲在院子里一袋一袋地抽着旱烟，嘴里还叨咕着，两娃都这么争气，真争气。母亲偷偷抹着眼泪说争气有啥用啊，拿啥供啊！弟弟走到父亲面前说，爸，我不想念了，反正也念够了。父亲一巴掌打在弟弟的脸上，说，你咋就这么没出息？我就是砸锅卖铁也要把你们姐俩供出来。说完转身出去挨家借钱。我抚摸着弟弟红肿的脸说，你得念下去，男娃不念书就一辈子走不出这穷山沟了。弟弟看着我，点点头。当时我已经决定放弃上学的机会了。

没想到第二天天还没亮，弟弟就偷偷带着几件破衣服和几个干馒头走了，在我枕边留下一个纸条：姐，你别愁了，考上大学不容易，我出去打工供你读书。

我握着那张字条，趴在炕上，失声痛哭。那一年，弟弟 17 岁，我 20 岁。

我用父亲满村子借的钱和弟弟在工地里搬水泥挣的钱终于读到了大三。一天我正在寝室里看书，同学跑进来喊我，梅子，有个老乡在找你。怎么会有老乡找我呢？我走出去，远远地看见弟弟，穿着满身是水泥和沙子的工作服等我。我说，你咋和我同学说你是我老乡啊？

他笑着说，你看我穿的这样，说是你弟，你同学还不笑话你？

我鼻子一酸，眼泪就落了下来。我给弟弟拍打身上的尘土，哽咽着说你本来就是我弟，这辈子不管穿成啥样，我都不怕别人笑话。

他从兜里小心翼翼地掏出一个用手绢包着的蝴蝶发夹，在我头上比量着，说我看城里的姑娘都戴这个，就给你也买一个。我再也没有忍住，在大街上就抱着弟弟哭起来。那一年，弟弟 20 岁，我 23 岁。

我第一次领男朋友回家，看到家里掉了多少年的玻璃安上了，屋子里也收拾得一尘不染。男朋友走了以后我向母亲撒娇，我说妈，咋把家收拾得这么干净啊？母亲老了，笑起来脸上像一朵菊花，说这是你弟提早回来收拾的，你看他手上的口子没？是安玻璃时划的。

我走进弟弟的小屋里，看到弟弟日渐消瘦的脸，心里很难过。他还是笑着说，你第一次带朋友回家，还是城里的大学生，不能让人家笑话咱家。

我给他的伤口上药，问他，疼不？

他说，不疼。我在工地上，石头把脚砸得肿得穿不了鞋，还干活儿呢……说到一半就把嘴闭上不说了。

我把脸转过去，哭了出来。那一年，弟弟 23 岁，我 26 岁。

我结婚以后，住在城里，几次和丈夫要把父母接来一起住，他们都不肯，说离开那村子就不知道干啥了。弟弟也不同意，说姐，你就全心照顾姐夫的爸妈吧，咱爸妈有我呢。

丈夫升为厂里的厂长，我和他商量把弟弟调上来管理修理部，没想到弟弟不肯，执意做了一个修理工。

一次弟弟登梯子修理电线，让电击了住进医院。我和丈夫去看他。我抚摸着他打着石膏的腿埋怨他，早让你当干部你不干，现在摔成这样，要是不当工人能让你去干那活儿吗？

他一脸严肃地说，你咋不为我姐夫着想呢？他刚上任，我又没文化，直接就当官，给他造成啥影响啊！

丈夫感动得热泪盈眶，我也哭着说，弟啊，你没文化都是姐给你耽误了。他拉过我的手说，都过去了，还提它干啥！

那一年，弟弟 26 岁，我 29 岁。

弟弟 30 岁那年，才和一个本分的农村姑娘结了婚。在婚礼上，主持人问他，你最敬爱的人是谁，他想都没想就回答，我姐。

弟弟讲起了一个我都记不得的故事：我刚上小学的时候，学校在邻村，每天我和我姐都得走上一个小时才到家。有一天，我的手套丢了一只，我姐就把她的给我一只，她自己就戴一只手套走了那么远的路。回家以后，我姐的那只手冻得都拿不起筷子了。从那时候，我就发誓我这辈子一定要对我姐好。

台下一片掌声，宾客们都把目光转向我。

我说，我这一辈子最感谢的人是我弟。在我最应该高兴的时刻，我却止不住泪流满面。

（摘自《读者》2004 年第 9 期）

二　的

宋　艺

一户人家有三个孩子，大哥、二姐和小妹。小妹生下来，二姐就成了“二的”。

家里的事儿基本靠奶奶管，但奶奶年岁大了，脑子、力气都不够用。爸爸、妈妈都上班，还经常加班，顾不上家。大哥学习好，一直是学校的小干部，放学总是晚，回来就做功课。小妹还小，根本指不上，还得人哄她玩儿。二的自然就成了家里的主要劳动力。

妈妈说：“二的，给妈把衣服收起来，天阴了。”

爸爸说：“二的，给爸扶着梯子，爸爸看看房顶怎么还漏。”

奶奶说：“二的，添把柴，别让火灭了。”

邻家娘娘也说：“二的，来白菜了，快排队去。”

后来连家附近的人也叫她“二的”。

副食店的看她提着油瓶子进门，便招呼她：“二的，打油来啦?”

煤场的远远看见她走过，会提醒：“二的，天凉了，你们家今年的煤还没买哪!”

二的从来都是脆生生地答应着“哎，好嘞”，然后麻麻溜溜地办了。临了，跟帮她的人还得周到地说声“谢谢您”。

奶奶没工作，对孩子们是一碗水端平的。“六一”节的礼物肯定是一人一份，过年的新衣服也是一人一身崭新的，谁过生日，前一天奶奶都给包饺子催生，正日子打卤擀面条。

大哥后来考上了北京的大学，奶奶那时候也老了，抱着大哥直哭：“我的大孙子啊，一年见不了一面了。”最后塞大哥手里一沓票子，那是奶奶辛辛苦苦攒下的养老钱，那时候面值最大的是10块钱的票儿。

二的学习一般，但不至于倒数，高中勉强能考上。二的自己就说准备上中专，考不上中专就上技校。最后二的说，有的技校二年级就能实习领工资呢。爸爸妈妈说，咱家不指着你挣钱。最后，二的考上了中专，毕了业，在国有大厂的工会上班。第一个月领工资，二的连硬币都交到了奶奶手里。二的负责家里的采买，爸爸妈妈工资都不高，大哥又在北京上学，奶奶治病也得花钱，二的知道家里不富裕。

小妹学习比不上大哥，但也不错。小妹刚上大学第一年，大哥在北京读博士，二的工作有两年了，奶奶就瘫床上了。那时候不兴请保姆，二的就成了照顾奶奶的主力。二的早晨起来先收拾完自己，再帮奶奶上厕所，给她洗脸、漱口、穿衣服，把早点和水摆到奶奶跟前，再去上班；中午回来接着帮奶奶上厕所，做午饭；晚上继续做饭，收拾。外地亲戚听说奶奶病了，来看奶奶。“您瞧您老太太，儿子、媳妇、孙子、孙女儿都是大学生，多有出息啊。”说话这工夫，二的正把沏好的茶递到亲戚手里，亲戚看到她，忙加上一句：“二的也这么能干懂事。”二的笑笑，到厨房忙活饭去了。

后来大哥留在了北京某部委，娶妻生子。二的也结了婚，有了儿子。小妹大学毕业后，随着男朋友出国了，在国外一连生了三个孩子，那边请保姆挺贵的，爸爸妈妈间断着就去了十几年，帮着照看孩子。但爸爸妈妈一直不太适应国外的生活，觉得语言不通、寂寞，加上孩子们也都大了，就回来了。

二的这时候也赶上单位改革，下岗了。二的就回家了，每天去看看爸爸妈妈。家里的生活不错，大哥和小妹都给家里寄钱，二的就给老两口做点顺口的，收拾收拾家，跑跑腿儿，还经常带他们去医院看病，已经快 80 岁的爸爸妈妈身体总有这样那样的毛病。

过春节的时候，大哥一家子回来了，小妹和大家视频聊天，和家里每个人都说几句。

小妹说，姐你最不容易了，爸爸妈妈全指你了。

二的说，跟我客气啥，不是我爸妈啊？

二的说了两句，就到厅里，忙活摆桌子上菜。

最后换爸爸和小妹聊天。

一会儿，二的过来叫爸爸吃饭。

就听爸爸对小妹说："你记住，一定要疼中间那一个……"

二的一下子停了脚步，静静地待了一会儿，擦擦脸上的泪，喊："爸，吃饭了。"

（摘自《读者》2015 年第 5 期）

笨拙如你，温暖如你

苏尘惜

一

眼看着时间一分一秒过去，心情别说有多糟糕了，快递员说好八点钟上门揽件，这都过了半个多小时，还没见着人影。

我经营着一家网店，每天有好多包裹要快递出去，快递员成了和我息息相关的人。以前送取快递的小伙虽说态度一般，好歹有时间观念，可最近换的这位大姐，工作效率实在不敢恭维，我就差拿起手机投诉了。正当怒火一点点侵蚀我的理智时，听见大姐在门口唤我的声音。

我熟练地将包裹和填好的单子一并递给她，顺带吐槽：“大姐，您这效率，让我等得花儿都谢了。”可想而知，当时我的脸色有多差。她一个劲儿地道歉，收拾包裹的动作也略显笨拙，一眼就能看出是新手。

“做快递员这么辛苦，你一个女人怎么挑这工作?”

“赚钱嘛，做什么不是做。”她腼腆地笑着，眼角处的细纹更加明显，目测应该年近四十岁，若不是真的缺钱也不会选择这么辛苦的工作。互相体谅些吧，庆幸刚才没有心急打投诉电话，不然如果害得她被扣钱的话，我心里会过意不去。后来她熟悉了工作，效率提高了不少，有时她来揽件时我还没来得及打包和填单子，她都会搭把手。

大姐本名宋春晓，老公患病多年，女儿读高中，家庭经济负担相当重。快递员，只要业绩好，收入就高，我大抵明白了她选择这份工作的初衷。再想想自己，原本有高薪的翻译工作，生活过得比较安逸，但是想趁年轻创业，我毅然辞职开了现在这家网店，虽说收入不算少，但比上班要累得多。

因为我一个人生活，吃饭基本不按点，好几次春晓姐来揽件时我正端着碗泡面坐在电脑前。她看到了，经常会像家长一般教育我：“好几次看见你吃泡面，这么不健康的东西，要少吃啊!”那唉声叹气的模样极像疼惜我的家人，尽管是教训人的口气，但听着还是非常暖心。

二

这半年网购比较红火，按理说春晓姐的业绩不会差，购置衣服的钱肯定是有的，可是每次见她，她都穿着特别寒碜的衣服，特别是前几天温度突然降下来，她还是穿着一身单薄衣服来来去去，捧着货物的手被冻得红红的，实在让人不忍心。

刚好那几天整理库存，找到几件过季的大衣放在网上低价处理，款式虽旧了点儿，衣服还是崭新的，想着既然要折价处理，还不如做个顺水人情送给春晓姐好了。但那天我刚说要送她衣服，她连忙摆手拒绝。

“这都 11 月了，眼看着就要冷下来了，这衣服挺保暖的，拿着吧。”我使劲将衣服往她装货的篮子里塞，她却一把拎了出来，说：“真不用，我不冷，谢谢。”

她的语气一下变得特别生硬，脸也板了起来，大抵是我的举动伤到了她的自尊心。望着她匆匆离开的身影我不由觉得心酸，看了看装大衣的袋子，我心想，一定要想法子让她收下这件衣服。

11 月初，网店的销量猛往上涨，包裹也越来越多。那日，春晓姐的电动车后面整整一箩筐的包裹全是我要发的，她略显惊讶：“这么多货，不会全部包邮吧?”

我无奈点头，如今网店竞争实在激烈，要是不包邮，客户早都流失到别家去了，但包邮后价格又不能涨，只能自己少赚点儿。

“你每天都发这么多货，我跟领导商量下，看看能不能在价格上做点让步。”春晓姐若有所思地说。听她这么说，我惊得瞪圆了眼睛——压价这种事不该是我自己开口吗？怎么由她先提出来？但我顾不上疑惑，连忙点头。

第二天，春晓姐就带来了好消息，说是除了江浙沪以内的价格不变之外，外围的快递费可减少一块钱。别小看这一块钱，能降低不少成本。我原本想就着这个机会把衣服送给她，但再次被她拒绝了：“我是看你开网店也不容易才帮忙的，我拿你的衣服倒像是贪图便宜似的。”她假装恼怒地瞪了我一眼，扬长而去。

三

“双十一”全民网购狂欢那几天，由于整日整夜地忙碌，我感染上了重感冒，但没有当回事，心想挺挺就过去了。感冒第六天，我还浑浑噩噩伏案当客服，眼睛时而清晰时而模糊，头疼得难受，后来竟趴在桌子上昏睡过去。

也不知睡了多久，我只听见耳边一阵阵的喊叫，但是怎么都醒不过来。伴随喊叫声的还有重重踢铁门的声音，终于把我从昏沉沉的梦境中拉了出来。

我睁开眼睛，整个屋子都是漆黑的，踢门声还在继续，我强撑起身子打开门，发现门外站着的竟是春晓姐。

“叫这么久不开门，还以为出什么事了。”春晓姐焦急地说，“你脸色怎么这么差，生病了吗？我还奇怪你今天怎么没打电话来。”

她连珠炮般的问话我一句都答不上，不是不想答，是根本就没有力气说话，我唯一想做的就是继续去睡觉。春晓姐见我这副无精打采的样子，伸出手来试探我额头：“啊，你这高烧不得了，赶紧去医院。”她二话不说拽过我就要往外走。

“等等，”我的意识渐渐清晰过来，“我得带钥匙。”

春晓姐没用她的电动车送我，而是拦了辆出租车，要知道从住宿的地方去医院，起码要二十元的打车费。事后她解释说当时只顾着救我的命，钱财乃身外之物。

后来，医生跟我说，当时的病情已经很严重了，要是去得晚一些，小命都可能丢了，我就很有可能成为网上经常出现的“猝死网店店主”标题的主人公。说不后怕是假的，那晚春晓姐陪着我输液，到十点多才回去，耳边萦绕的全是她的谆谆教诲。

“以后有事，随时打我电话，别一个人死扛着。”“下次要是有人这么使劲地敲门，一定要从猫眼里确认外面的人是谁才能开，你一个单身女孩，太危险了。”

她几乎把能想到的都说了，最后还语重心长地加一句：“赶紧找个男人吧，好歹有个照应。”俨然一副家长的派头，我被她那一本正经的样子逗笑了，她的表情更加严肃了：“不要笑，说的是正经事。”

我问她：“怎么断定我就在家里，说不定我外出办事，费那么大力气敲门不怕白费劲吗？”她戳了我的脑袋一下，说：“刚开始感冒的时候就劝你去医院，你不听，昨天你咳得说不出话我就担心来着，今天到下班都没给我打揽件的电话，收工以后就打算过来看看，结果发现你的屋子黑漆漆的，但是台灯却亮着，那盏台灯平时你工作时都开着，所以我敢断定你在家。”

“就因为一盏台灯？”我瞪圆了双眼，春晓姐居然为了一盏开着的台灯猛敲我房门将近二十分钟，硬生生将我从危险的边缘拉了回来。

四

春晓姐在我眼里，是那种能撑起一切的女强人，她有她的自信、她的尊严，然而，再强的女人也有脆弱的时候。

那天，我连着打好几个电话她都不接，担心是不是手机被偷了，大抵半小时后她把电话打了回来，接起就听到了她浓重的鼻音：“妹子，我的电动车被偷，正忙着处理事情，待会儿再联系。”明显听得出那是刚哭过的声音。

电动车被盗，连带着车上的货物也一并被人顺走了。赔款的数额有点高，远远超出她的偿还能力，平时坚强的她在金钱面前折了腰。

那天晚上，春晓姐来我这儿时眼眶红红的，一看就是暗地里哭了很久。得知她出事以后没吃任何东西，我特地下厨给她煮了碗馄饨。她的眼神呆呆的，拿着勺子的手迟迟未开动，忽然转头问我：“是不是觉得我很失败？”

“怎么会？每个人都会经历挫折的，我都差点被网上的骗子把钱骗走，更何况那些无处不在的小偷！咱们以后小心点就是了。”

她一遍遍地搅拌着馄饨，说：“我说的失败不是东西被偷，而是到了这把岁数，却无力面对这种局面。”生活已经够艰难，如今她维持乐观的最后一根稻草也被压倒了，再多的安慰对她来说也无济于事。

那天晚上，她没有再拒绝我借钱给她，白纸黑字给我写了借条，每一个字都写得极为认真。最后她还向我要了账号，说万一她回老家没能及时还钱，就汇钱给我。

后来，身边的朋友知道了这事，都说我太轻信人了，居然就这么相信一个才相处没多久的陌生人。但是他们又怎么会懂那晚春晓姐搂着我的肩说“别怕，姐这就带你去医院”时的温暖与坚定。她留给我的财富远远多于我给予的。

赔偿后，春晓姐换了另一家公司做快递员，我们之间见面的机会就变少了，渐渐地也就少了联系。后来她真的回老家去了，那笔借款，也是分期打到我账户上的。

逢年过节，我都能收到春晓姐发来的短信，简短的问候里有深深的牵挂。

认识她以后，我才渐渐愿意与身边的陌生人接触，也学会体谅和关心别人。这世界虽有险恶、欺骗，但也有善良、真诚。

（摘自《读者》2015 年第 8 期）

一人不爱，何以爱天下

辉姑娘

一位老作家，德高望重，著作等身。

某位前去拜访的年轻作家，曾经认真拜读了他全部的作品，却在内容之外发现了一件很有趣的事情。

他所著的每一本书的字号都比通常的书籍偏大一些。做书和读书的人都知道，字号偏大的结果会让纸张变多、书脊变厚，而且印刷出来也不好看，显得笨重、粗糙。

年轻作家问他是不是找了不专业的版式设计师，他摇头，说是自己要求这样做的。因为他母亲的眼睛有一些小问题，看字模糊，又因为体质原因不能长时间戴老花镜，所以他特意嘱咐设计师，一定要把字号调大。

年轻作家有些不能理解，说："书毕竟是给所有读者看的，这么任性会不会不太好？"

他笑着摇摇头，说："如果全世界都看到了，只有她没看到，那我写那么多字又有什么意义呢?”

电台节目中，一位著名词作者与主持人深夜对话。

主持人问词作者：“为什么会创作出那么多感人至深的歌词?”她回答，是因为年轻时曾有过一次刻骨铭心的恋爱，她把所有因情而生的感触都写进了歌词中，才成就了无数经典。

主持人又追问：“那个男人听到这些作品后有什么反应吗？是被感动，被震撼，回心转意，重燃爱火，还是因为私密情感被曝光于世而恼羞成怒?”

这位一直表现得聪明又得体的女人忽然哭了出来，哽咽着说：“其实他什么都没听到。”

他们因一次争吵而赌气分手。两个月后，她想要挽回，男人却在一次意外中被击中头部，当场丧命。

主持人连声安慰，说虽然人已逝，但毕竟他曾经的存在给予了她无限灵感，从而让她拥有了成功的作品与富足的人生，她应该感到庆幸。

她大哭，说：“那又怎么样呢？我所有的歌都是写给他一个人的，他听不到，就算我的歌挽救了许多婚姻、感动了所有恋人、得到了万千粉丝，于我而言，还是白写了啊。”

楼下有家小饭店。

饭店里只能放得下三张桌子，但店里很整洁。最主要的是，厨师——也就是饭店老板，烧菜当真好吃极了。

一只小瓦罐，煲出的鸽子汤鲜美无比；一碟麻油鸡丝，可以让人吃到舔净盘底才罢休；就连最简单的蛋炒饭也令人回味无穷。

日子久了才知道，原来老板曾是香港某著名餐厅的主厨，许多明星和政界要人都吃过他烧的菜。

问他为什么会蜗居于此，他说女儿在这边读书，他就跟媳妇开了这间小饭店来陪读。

我说：“你在香港工作那么久，积蓄应该不少，为什么不寻个黄金地段，选个大点儿的店面经营？北京的饮食行业这么火，肯定会赚大钱的。”

他说：“要真想赚钱，我就不会回来了。现在开这间小店不过是打发时间，最主要的目的是给女儿烧菜。你知道吗，每天我去买最新鲜的菜，再精心加工，看她回来吃得干干净净，就是最大的幸福。”

我说：“可是很多人都爱吃你做的菜啊！昨天还有人排队要打包好几个菜，加钱都乐意，你却说要给女儿做饭，死活要关门打烊。”

他眼睛一瞪：“他们爱吃关我什么事？他们有全北京的饭店可以选，我女儿只有我。喂饱她，比喂饱整座北京城都重要！”

一位公交司机被选为年度劳模，接受表彰后，记者问他：“20 年来，你从未迟到早退，也不曾有过任何一次缺岗旷工，是什么力量让你这么热爱这份平凡的工作？”

他憨厚地笑着说：“没啥原因。我家穷，买不起车。我媳妇特别好，结了婚也不强迫我挣钱买车，说：‘你去开公交吧，开我上下班那条线，这样就当你每天都在接送我，我知足。’后来一开就是这么多年了。”

记者听得一愣一愣，半晌才醒过神来，尚不死心，又追问：“那这么多年，无论什么天气，您都风雨无阻，按时上岗，一定是一个特别有责任感的人。”

他说：“啥是责任感？我不懂。我就知道要是对自己媳妇说话都不算数，还能对谁说话算数？那就不能算个老爷们儿！”

一位著名画家偶尔会将自己的画作送给亲友，然而在他离世后，大家才发现，在每幅装裱好的画卷的背后一角，都写有两个小小的简单的字母。

那是他早逝妻子的名字缩写。

每个得到赠画的人都以为他是为自己而画。只有他自己明白，所绘的每一笔，只为了一个人而已。

一个人与全世界，天平的两端，哪个更重？这似乎是一个很简单的问题。

然而有些人，终会选择那个在自己心目中独一无二的人。

愿意为你背叛全世界，也愿意为你向全世界弯下腰去。

全世界自有全世界的人去爱。而你只有我，我也只有你。

我们终究是俗人，做不了博爱的上帝。这无须觉得羞耻，只能说明我们拥有人性中最亲切也最温柔的一种自私。这种自私并不令人反感，只会让人产生共鸣。

一人不爱，何以爱天下。

即使拥有一切，亦终究逃不过生命的孤独。

那么，还是量力而行吧。

与其拼命追索天下，不如留几分余力给那个重要的人，也许更能品尝到活过一场的甜蜜和欣慰。

（摘自《读者》2015 年第 15 期）

别把我当陌生人

尉克冰

去年夏天，我去新疆开一个笔会。想要看看沿途不同区域的风景，决定去时坐火车。3000 多公里的路途，没有同伴。

记住，路上不要和陌生人说话！不要接受陌生人给你的一切食物和饮料！只要离开位子，回来时一定要把杯中剩下的水倒掉！出发前，老公反复叮嘱我。

刚走进包厢的一瞬间，一个男人也进来了，身后有个四五岁的小姑娘，大概是他女儿，我心里稍稍平静了些。随后，一个 10 岁左右的小男孩蹦蹦跳跳地过来了，她妈妈紧跟在后面。

整体环境不错，我精神放松了很多。

晚上 10 点多，该休息了。锁好门，我把手提包压在枕头下面。不知不觉，已到深夜。人们都睡熟了。突然，我在似睡非睡中听到窸窸窣窣开锁的响动，接着，哗啦一声，门被打开了。我猛地打了个激灵，心跳到了嗓子眼儿。我看到，一个黑乎乎的脑袋探了进来，身体还在外面。不好，一定是小偷！借着通道幽暗的灯光，可以看到那个男人十分高大，样子很凶悍。此时，包厢里其他人还在熟睡。我吓得浑身哆嗦，头皮发麻。他打探一番后，挤进门内。我不知从哪里来了勇气，顿时从铺上弹坐起来，大喝一声："干什么的?""我，我上车呀。"那个男人被我的喊声吓了一跳。他将行李拖了进来。

原来真是上车的。虚惊一场！那个人在半夜上车，身子还没进来，头就伸进来打探，恐怕也担心车厢内有"恐怖分子"。

昏昏沉沉的一夜过去了。早晨醒来，赶紧摸了摸枕头下面，包在。

天已大亮，拉开窗帘，一片片赤裸的黄土坡，被疾驰的列车抛在身后，到陕西境内了。

随便吃了早点，又躺下看书。中间出去了几次，回来后，我严格按照老公嘱咐的去做，把杯中剩下的水倒掉。包厢里，孩子们在嬉闹，大人们都很安静。当我拿出零食吃的时候，挺想给那两个孩子。可我没有。我想，上车前，他们的父母一定无数次告诫他们，不要接受陌生人的食物。我害怕遭遇被拒绝的尴尬。

"阿姨，你怎么躺了半天也不下来玩儿?"下铺的小姑娘仰着脸，忽闪着大眼睛笑着对我说。

孩子把我从铺上唤下来，我就和他们几个聊了会儿。小姑娘的爸妈都在乌鲁木齐做生意，老家是河北沧州的，孩子经常跟着奶奶生活，这次，爸爸回来接她去新疆。中年妇女是甘肃酒泉人，丈夫在石家庄陆军学院教学，孩子在石家庄上小学。孩子刚放暑假，她带着孩子一起回酒泉探亲。半夜上车的男人，是河南的，做玉石生意。大人聊天孩子也不闲着，小姑娘唱歌，小男孩儿讲故事，我们的小房间里显得很热闹。

"阿姨，吃荔枝吧!"小姑娘用她胖嘟嘟的小手递给我一颗饱满的荔枝。我愣了一下，赶忙说了声谢谢，接过荔枝，手有些颤抖，还有些僵硬。突然间，觉得非常惭愧。上车快一天了，我们都是各吃各的东西，谁都没给过孩子吃的。拿着荔枝，我不敢面对孩子天真无邪、清澈透亮的眼睛。和孩子比起来，大人的世界多么复杂，充满着猜忌。

孩子给每个人都发了一颗荔枝，没有人拒绝她。看着大家一起分享着她的甜蜜，她笑得眼睛像弯弯的月亮湖。

那颗荔枝，我一直攥在手里，舍不得吃。小小的荔枝，如同两个世界的缩影。成人的世界如荔枝皮，粉饰、坚硬、粗糙；孩子的世界如荔枝瓤，莹白、晶透、柔软。

孩子善良晶莹的心，像一把钥匙，开启了大人的心门，让彼此间敞亮了。我们的小包厢渐渐成了快乐的大家庭，美食共享，格外香甜。

我把最好吃的都留给了小姑娘，还让她坐在我腿上，给她讲故事，把她原来松散的头发编成漂亮的小辫，拍了很多照片。孩子对我也越来越依恋，一会儿看不见我，就到处找。或许是她离开妈妈太久了，我是个母亲，身上有妈妈的味道。那天夜里，她是在我怀里睡着的。

第三日清晨，越过上千里寸草不生的茫茫戈壁滩，终于看到了茂密的树林。“快看，天山！”人们指着远处峻拔高耸、白雪皑皑的群峰喊着。终点站快到了，可我的心里却平添了一丝怅惘。

车停了。人们如潮水般从车身里漫出。我抱着小姑娘，她爸爸帮我提着大行李箱。孩子紧紧搂着我的脖子，趴在我肩上。出站了，外面人头攒动。小姑娘的爸爸停下来，和我一起寻找接站的人。终于看到会务组的牌子了。

要分别了。我依旧紧紧抱着孩子，我们脸贴脸。她父亲将她抱走的那一刻，她哭着大声喊“阿姨”！我心里好难受，背过身去。

手机响了，收到朋友发来的短信：“出门在外一定要小心，不要轻易和陌生人说话，不要接受陌生人给你的任何食物和饮品！”

我笑了笑，走进人海中……

（摘自《读者》2012 年第 23 期）

爱无隙

陈绍龙

爱有隙。

张妈不想让露露从这个“缝隙”间掉下去，张妈怕孩子再受伤害。多有不舍，张妈想做的就是让爱也能“无缝对接”。

有人要领养露露了。

张妈不是露露的亲妈，张妈是福利院的阿姨。孩子们管福利院的阿姨都叫“妈”。为了区别，孩子会在“妈”前面冠上姓。露露喊她“张妈”。

露露是个弃婴，早产，来时只剩下一丝微弱的气息，看到孩子头发上还沾有露水，张妈便叫她“露露”。

三年了，如今，露露一口气能背六首古诗，还会唱《妈妈的吻》。有人来看孩子的时候，露露会上台进行才艺表演，每次露露在台上唱完《妈妈的吻》，都会下台在张妈腮上吻一下，还发出细小的声响。吻过之后，露露撒腿就跑，坐到自己的座位上，还一路笑。露露跟张妈成了一对亲密无间的母女。

露露这样乖，让她的新爸妈心生怜爱。

她的新爸妈是一对浙江夫妇，人到中年，没有生育。他们是招商引资到此地来的，是老板。那天夫妇俩来福利院捐款，看到了露露。露露的一吻让他们心动了，原本就有心收养孩子的他们似乎一下子找到了目标。新妈妈把“女儿”抱在自己怀里，但露露很木然，甚至在新妈妈亲她的时候小脸还微微侧了一下，这个细节被张妈注意到了。爱有隙，张妈想的是如何弥合这个“缝隙”。

因为条件符合，收养手续办得很顺利，但出乎大家意料的是，张妈不放手了。“再等一个月吧。”她很坚持。

张妈从资料室找来露露从小到大的照片，有百天照，有周岁照，也有露露倚在张妈怀里照的。张妈还把露露新爸妈的照片也找来了。张妈打起了这些照片的主意。

Adobe Photoshop，简称 PS，是一个图像处理软件。张妈利用这个软件对照片进行了“嫁接”处理。百天的照片由露露一人坐着变成被夫妇俩双手托着；一周岁的照片变成了有爸妈在旁边为她吹蜡烛；倚在张妈怀里的照片，自然也“换”了人。

张妈把重新制成的照片放在露露的衣袋里，还常常把照片拿出来给露露看。她告诉露露，照片上的男女就是她的爸爸妈妈，爸爸妈妈出远门，很快就要回来了。

如此反复。

开始时露露似懂非懂，很迷惑，渐渐地，露露会从小衣袋里掏出照片来，看看自己的爸爸妈妈。

“女儿有个小小心愿，再还妈妈一个吻”，那天露露唱完《妈妈的吻》，从衣袋里把照片掏了出来，然后，在“妈妈”的腮上亲了一下。吻过之后，露露没有跑，也没有笑，露露对着照片在发呆。

一个月的等待，一个月的期盼，一个月的弥合。“交接”的时候到了，虽说经过精心准备，但张妈心里还是没底，张妈所能做的就是告诉露露，今天爸妈回来接她了。露露一大早就倚在门边向外张望，早饭也不吃。

奇迹出现了，新爸妈刚一露面，不待张妈指认，露露一眼就认出了他俩，飞也似的跑了过去。妈妈顺势抱起露露，孩子的小嘴已亲在了妈妈的脸上。

好些人摁动了快门，一旁的张妈早已泪流满面。

我是在当地报纸的一张照片上知道新闻背后的故事的，照片的题目叫：《爱无隙》。

（摘自《读者》2014年第16期）

共同的秘密

崔　浩

矿工下井刨煤时，一镐刨在哑炮上。哑炮响了，矿工当场被炸死。因为矿工是临时工，所以矿上只发放了一笔抚恤金，不再过问矿工妻子和儿子以后的生活。

悲痛的妻子在丧夫之痛之后是来自生活上的压力，她无一技之长，只好收拾行装准备回到那个闭塞的小山村去。这时矿工的队长找到了她，告诉她说矿工们都不爱吃矿上食堂做的早饭，建议她在矿上支个摊儿，卖些早点，一定可以维持生计。矿工妻子想了一想，便点头答应了。

于是一辆平板车往矿上一支，馄饨摊就开张了。8 毛钱一碗的馄饨热气腾腾，开张第一天就一下来了 12 个人。随着时间的推移，吃馄饨的人越来越多。最多时可达二三十人，而最少时从未少过 12 个人，而且风霜雨雪从不间断。

时间一长，许多矿工的妻子都发现自己的丈夫养成了一个雷打不动的习惯：每天下井之前必须吃上一碗馄饨。妻子们百般猜疑，甚至采用跟踪、质问等种种方法来探求究竟，结果均一无所获。甚至有的妻子故意做好早饭给丈夫吃，却又发现丈夫仍然去馄饨摊吃上一碗馄饨。妻子们百思不得其解。

直至有一天，队长刨煤时被哑炮炸成重伤。弥留之际，他对妻子说："我死之后，你一定要接替我每天去吃一碗馄饨。这是我们队12个兄弟的约定，自己的兄弟死了，他的老婆孩子，咱们不帮谁帮。"

从此以后每天的早晨，在众多吃馄饨的人群中，又多了一位女人的身影。来去匆匆的人流不断，而时光变幻之间唯一不变的是不多不少的12个人。

时光飞逝之间，当年矿工的儿子已长大成人，而他饱经苦难的母亲两鬓花白，却依然用真诚的微笑面对着每一个前来吃馄饨的人。那是发自内心的真诚与善良。

更重要的是，前来光临馄饨摊的人，尽管年轻的代替了年老的，女人代替了男人，但从未少过12个人。穿透十几年岁月沧桑，依然闪亮的是12颗金灿灿的爱心。

有一种承诺可以抵达永远，而用爱心塑造的承诺，穿越尘世间最昂贵的时光，12个共同的秘密其实只有一个秘密：爱可以永恒。

（摘自《读者》2000年第3期）

邻家的枣树

周宏伟

小的时候，邻居家有棵枣树。枣树枝繁叶茂，倚着墙头伸到我家大半。每至春天，枣树便发出簇簇淡色的新绿，不久又开满白色的小花，散发出淡淡的清香。那时农村孩子几乎没有零食可吃，每当此时，我和弟便站在枣树下，仰着小脸儿，望着满树的小花，想象着大红枣儿挂满枝头的情景。我们天天盼望着枣树快些儿结果。

春天终于过去了，树上结满了绿色的小疙瘩，我和弟趁父母不在（父母不许我们偷摘人家的东西），急不可待地垫好凳子，瞅瞅邻居家无人时，摘下还是疙瘩的绿色小枣，尝尝发涩，只好失望地再等。

枣儿长得很慢，眼瞅着总觉枣儿不长，直至夏天快要过去了，枣儿已隐约有些儿红了。这时候是我和弟动心眼儿最多的时候，先是垫凳子摘，后来用竿子往下打，再后来干脆骑在两家共用的墙头上采。做这一切的前提条件是我父母不在家，其次是邻居最好也不在家。

我和弟怕父母更甚于怕邻居家夫妇。有一次，我站在墙头上正“忙”时，恰巧被邻居家的女主人看到了，我已略微懂些事儿了，不由得有点窘。邻居的女主人却只叮嘱我小心别摔下来。因此，每到收枣季节，伸到我家的枣树枝儿已光秃秃的了，邻居家夫妇却从未来我家找过大人，或是私下里警告过我们兄弟。

我和弟乐此不疲地做这事时，内心里充满了快乐，仿佛并不完全是为了吃，里面含有更多的淘气的成分。在那物资匮乏的年代，乡下儿童几乎无物可吃、无物可玩，我感到这样做很兴奋，仿佛在做一个有趣的游戏，围绕着枣树我们可以做很多梦。等枣儿从树上收下来，邻居家的夫妇送过半兜红枣儿时，我和弟反而没了吃的兴致。

我要说的是，我们碰到了一个好邻居。后来我懂事了，知道邻居家的夫妇要卖了收下的枣儿稍微补贴一下家用，可我和弟的所作所为并没有招致他们的责骂，倒使我们在乡下那苍白的童年里有了一缕色彩。直至我家搬迁，我们两家相处得都很好。大人们农忙时搭伙帮忙，农闲时扎堆儿聊天，两家的孩子也常凑在一起玩，即便吵嘴了厮打在一起，两家的父母也并不在意。过不了一会儿，孩子们又会和好了。整个童年里，我从来没有感到什么叫作孤独、仇恨或恐惧。

（摘自《读者》2000年第1期）

把手机借给陌生人

闫　红

带我妈出门旅游，我让她充分认识到了互联网时代的神奇。比如出了火车站，她要买一张地图，我拦住了她，掏出手机，打开一个地图软件，搜索我们要去的地点，屏幕上不但立即出现多条公交路线，还会告诉你怎样到达公交站，而且不必分辨东西南北，只要将手机转个方向，就能从箭头的变化，找到正确的方向。

我们去的一个景点在荒郊野外，晚上九点之后出来，人们纷纷奔向私家车停车场，路上连一辆出租车也没有。当我妈难以避免地惊慌起来时，我又掏出手机，打开打车软件，让我妈看到系统已经通知了附近的一百多辆出租车。但这地方毕竟偏远，没有司机接单。没关系，加小费啊，从三块加到五块，再加到十块。很快，就有一辆出租车打着红灯，像挪亚方舟似的，从黑暗的汪洋大海里驶来了。

我还给我妈表演了手机购物、手机买基金等等，我妈赞不绝口，同时不甘心就这么出局，我答应到酒店后，首先教她学会使用微信。

直到这时，气氛、大家的心情与状态都非常好。可是，在回家前的那个下午，一件破坏气氛的事情发生了。

当时我扶老携幼穿过武汉长长的步行街，走累了，在树下的长凳上，一边休息，一边习惯性地刷手机。忽然，一个坐在旁边的女孩转过头来，问："你的手机能借我上一下 QQ 吗？我的手机没电了，我跟同学走散了，我记不住她的手机号。"

我顿时有点紧张，我知道借手机是大忌，报纸上不是老有某人把手机借人然后手机被抢走的新闻吗？但这个女孩看上去很文弱，不见得身手就有那么敏捷，况且，她说的这种处境我感同身受——我的手机也常常没电，我也记不住别人的手机号。在这样人潮涌动的步行街上，和同伴走散确实是件很麻烦的事，没准哪一天，我也会想跟人借一下手机。

你看，这就是长期写稿落下的职业病，我非常善于脑补，脑补的结果就是我不可能不借给她。但把手机递过去时，我的紧张达到了极限，因为我到这时才想到，她不一定是要抢劫，她也可以在我的手机上操作，比如下个木马病毒什么的。

也许是那一刻太紧张了，我非但没有把手机要回来，还遵循着一向的习惯，不伸头看别人输入，只是紧张地盯着她飞快地在我的手机上戳戳点点，每一下都指向我无法确知的所在。同时我打量着她——棕色的挂着皮熊吊饰的包，粉红色的运动鞋，白皙的面颊上有一颗小痣，我要求自己记下这些特征，同时也知道这样其实没什么用。

拿回手机，我完全没有助人为乐的好心情，反而觉得我遇上了大麻烦。我不知道这几十秒里，她把我的手机怎么着了。我打开支付宝，看到我的钱还在，但她也许是还没跑远，怕被我抓住吧，会不会半夜三更才开始行动？是否她躲在一个难以想象的角落里，把我的支付宝、银行卡上所有的钱，一笔一笔地全转走？

一半是为了解疑惑，一半是求安慰，我把我的遭遇发到微博与微信朋友圈，瞬间有许多人回复，大多是告诉我“你摊上大事了”。很多人建议我立即将所有账户冻结，然后将手机资料备份，再恢复出厂设置，可操作这些严重超出我的智力范围，何况我还在旅途中。也有人说：“防人之心过重也不好。”这话我爱听，也符合我的风格，可是如果坚持风格会导致大笔钱财损失，我想还是先把风格放到一边比较好。

我万分纠结，几乎没有心情继续旅行，最后决定，还是先把支付宝和银行账户全部冻结比较好。

于是，当我妈和我儿子坐在剧场里，为精彩的演出大笑或是惊叹时，我动用我智商的全部库存，手忙脚乱地将我所有的账户冻结。总算忙完，演出也结束了，跟着人流涌出剧场，我突然意识到一个问题：微信绑定的银行卡被冻结，我没法用打车软件了。

我们走了很远的路，终于找到地铁站，出了地铁站又等了很久，才等到一辆空出租车。回到酒店，我以为最糟糕的时刻已经过去，明天的事情明天再说吧，于是洗了澡倒头就睡。第二天早晨，我才发现，生活对我的考验刚刚开始。

第二天，我还没睁眼就抓过手机，倒是没有多笔取款信息，可一条来自12306的短信让我飞快地坐了起来，只见上面简单粗暴地写着：“您购买的×月×日×次列车因故停运，××、×××需在×月×日前到铁路车站办理原价退票，给您带来不便，敬请谅解！”

谅解什么啊，这不是假客气吗！最要命的是，这张票我之前改签过一次，现在只能退票。被冻结的支付宝账户只能进不能出，我要是想再买一张票，就只能去火车站了。

我满腹怨气地赶到火车站，排了很久很久的队，一直在纠结是改乘汽车还是买两张站票——在我前往火车站的路上，我看到当天的坐票在一张张减少，直到为零。等我终于排到售票口，我一咬牙，决定还是站着回去，因为坐火车只要两个半小时，坐汽车却要五个小时呢。

拿着两张站票，我悲壮地对自己说，就当是参加一档真人秀节目吧，能圈粉的明星通常都能在这种情况下保持稳定的情绪。好容易做好足够的心理建设，再拿手机上 12306 一刷，惊讶地发现，我退票的那趟车又出现了，只是换了个马甲，它重新运行了，并且重新卖一次票。

只能再去排队改签，因为我知道这站票可不是让你两只脚站着，常常是一只脚点着地，有时甚至无立足之地。虽然被“铁老大”耍了一下，但勉强也算峰回路转、柳暗花明了。

就这么着，又排了将近一个小时队，才把站票改签成了二等座票。拿到票的时候，我简直热泪盈眶，一方面更加怨恨昨天向我借手机的那个女孩子，另一方面，看着眼前排着长队的人，大多不修边幅，想来多半没有或是不善于使用一些软件，对于这种处境已经习以为常。网络固然能够提高效率，但对于最底层者，也有一种温文尔雅的剥夺。

千辛万苦到底回到了家，长吁一口气之余，我开始将手机恢复出厂设置。我得说，这事儿比我想象的要麻烦得多，我完全不得其门啊。我在网上查了流程，但还是点哪儿都点不动，几次不成功后，我恼羞成怒：就不恢复了，看能咋样吧。

从我做出这个决定到现在，已经有半个多月了，这期间，我将支付宝和银行卡账户都解了冻，到目前为止，我的钱财还没有流失。难道“坏人”在默默地等我攒钱，到了一定额度再下手？万一我突然清空了呢？这当然是不符合常理的，比较合理的情况是：那个跟我借手机的姑娘，可能就是想用我的手机上一下 QQ。

网络时代，人们的交流变得如此容易，天南海北的朋友，住在你的微信或是微博里，比隔壁还要近，不用敲窗就能窥见对方的衣食住行；另一方面，这种便捷性，却又使得每一个人都不得不壁垒高筑，从身边掠过的每一个人，可能片刻就成你的地狱。这不怪人性，高效是把双刃剑，它带来种种便捷的同时，也加大了风险。对于此事，我无话可说，唯一可以总结的是，若下次再有人这么跟我求救，除了输入密码的环节，我一定会盯紧对方在我手机上的每一步操作。

（摘自《读者》2015 年第 20 期）

与全世界人分享你的家

李雪晴

“Tax”，这是家住大金丝胡同 12 号的王阿姨最新学会的英文单词，她如今的身份是民宿预订网站 Airbnb 上的房东，在什刹海旁这条七拐八拐的胡同里，她拿出自住四合院中的 3 间房接待来自世界各地的租客。一位美国房客问她这间四合院需要缴多少税时用到了“tax”这个词，王阿姨当时的第一反应是：“taxi?”

随着 Airbnb 在中国的人气激增，越来越多的中国人开始敞开家门接受一个又一个陌生人成为家中的匆匆过客，迎来送往之间，每个人都在走进对方世界的同时感受着前所未有的“世界之大”。

在家周游世界

加入 Airbnb 并不是王阿姨第一次给陌生人当房东。这座占地 300 平方米、共有 9 间房的四合院是祖产，早年间，为了攒钱让儿子出国，她将其中的 3 间改造成客房做起了民宿生意，在北京奥运会期间也接待过不少外宾。

2015 年 3 月，王阿姨从一位台湾客人的口中第一次听说了 Airbnb，“现在的年轻人住够了酒店，就想体验当地人的生活”。很快，这座四合院就出现在了 Airbnb 的网页上。对于想要来中国体验当地人生活的外国租客来说，胡同和四合院的吸引力可想而知，房间频频出现在网站首页，10 月之前已经全部客满。一位常年满世界飞的“酒店重度用户”经常会在早晨醒来时忽然愣住，因为不知道自己身在何方，但在王阿姨家，他一睁眼就知道“我在中国”。

作为老北京，王阿姨自己也乐得给各路来客讲解四合院的风水和民俗——例如，院子里的月亮门，意为“团圆”；丁香树和石榴树，意为“紫气东来”和“笑口常开”。胡同里的房门大都修得歪歪扭扭，这是因为旧时候，“邪门歪道”容易挣钱；而正南正北是帝王之家的建制，“正道”意为走仕途之路……如今，王阿姨已经可以用英文流畅地解说这些内容，尽管被儿子说用的是“中式英语”，但老外大致都听得懂，还有不少老外听上了瘾，让她帮忙给自己起了中文名字，甚至还画了家里的平面图，拜托王阿姨指点一下风水。

作为源自美国、风行于全世界的民宿预订网站，Airbnb 推崇的自然也是欧美世界中流行的民宿模式——B&B，即床和早餐。为房客提供早餐也成了中国的房东们需要迅速掌握的新技能。

为了房客们的早餐，王阿姨费了不少心思。有人想吃老北京的早点，她就出门买豆腐脑、包子、豆浆和油条。也有人吃不惯中餐，那就准备面包、黄油和奶酪，外加鸡蛋和现煮的咖啡。有一次，一位客人对面粉过敏，王阿姨去菜市场买了些粽叶和红枣，浸好糯米，在自家厨房里包了 6 个红枣粽子，为了让早点更丰富，还买了些切糕。

看她如此操心劳神，不少人劝她直接把房子租出去，每年 50 万轻松到手，但王阿姨享受的就是做这种操心房东的“存在感”——家里常有客人来，院子里会有生气，天天跟老外打交道，自己也能长见识。短短几个月时间，王阿姨已经掌握了不少国家的饮食习惯：美国人不吃小龙虾，看到菜里有鱼头都觉得奇怪；法国人敢吃青蛙腿，菊花则是该民族的禁忌……Airbnb让她“融入了社会”，也让她“在家就周游了世界”，她开始理解国外年轻人的“单身主义”，也看到外国老人七八十岁到处旅游，“我们也要有自己的生活，不能只为孩子活。”王阿姨说。

遇见你，有点意思

王阿姨把各路客人的抵达日期、人数和国籍都记录在一个日历本上，大饼先生则每天都带着两部手机出门，其中一部专门用来联络房客。他特意花了20元钱下载了一个专业的日历表，上面详细记录着客人的抵达时间、人数和国籍，他说：“我每天就靠这个活着，手机千万不能丢，丢了就完了。”说话间，手里紧攥着手机。

大饼也是地道的北京人，他的房子位于全北京城的正中心区域，走到天安门只需要10分钟，到王府井连5分钟都用不上。155平方米的跃层，三室两厅两卫。房子在Airbnb上线前的准备工作尽显房主的好客。他几乎将自己多年来在国内外旅行时收集的东西都摆了进去。比如，在柬埔寨跳蚤市场花300块淘来的鳄鱼头骨、拉卜楞寺僧人在1972年绘制的大威德金刚唐卡、从英国背回来的价值4万块的胆机和音响、景德镇成对儿的青花将军罐……每一样都放在他精心设计好的位置。

在房东定价前，Airbnb会根据房子周围的房价给出一个平均值，作为房东定价的参考。大饼最初给自己的房子定价每天500元，没多久就被订满；他提价到800元，预订的速度依然不减；再提到900元，前来咨询的也不少。现在，这套公寓以每晚1099元的价格出租，来者大多是家庭或七八人的团队。

尽管收入可观，但在大饼看来，赚钱本身是一件没什么意思的事，成为

Airbnb 的房东最大的乐趣在于："你作为这个房子的主人，全世界的人来找你，你帮他们制订行程、计划，这个就很有意思，因为平常你没机会认识他们。"

有一家四口在大饼家住了 5 天，退房后保洁小妹去打扫，开门后傻了眼，整个房子干净得就像完全没住过人一样。床尾巾完全按褶皱叠好，窗帘位置归位，杯子洗得干干净净，地板上更是连一根头发丝都找不到。原来，这家人都是做刑侦工作的，"他们要是犯罪，你根本找不到一点儿痕迹。"大饼说。

和这四口人形成鲜明对比的是三个老外，只住一晚，叫了肯德基的外卖全家桶，离开时屋子里到处都是鸡骨头，每个角落都能找到炸鸡腿的渣子，床上、地毯上，甚至连马桶圈上都有。

大饼不是那种只管收钱的撒手型房东，结识不同人的新鲜感令他乐在其中，也看到人间百态。从马德里来的西班牙人完全不拿自己当外人，看到大饼家的游戏机瞬间两眼放光，拉着大饼一起打足球游戏，15 分钟一局的游戏，两人坐在地板上玩了两个多小时。他还送给大饼一条巴塞罗那队的钥匙链，那是他最爱的球队。一对做证券的夫妻，五十多岁，特意从深圳来到北京，想跟从美国飞回来的儿子会合，结果天天看不到儿子人影，夫妻俩就一人一台笔记本电脑，在大饼家对着电脑炒了 3 天股，哪儿也没去。

来聚会的人也不少，8 个不同专业方向的医学博士同学聚餐，顺便给大饼的颈椎病来了一次会诊，告诉他这属于血管性颈椎病，要戒烟、多运动。上海华山医院的退休医生还跟他聊起自己经手的最严重的手术——开放性骨折，骨头扎到内脏里如何处理，内脏又该怎么缝。听得大饼不寒而栗。

还有真正的"吃货"。这位房客来自浙江，平常不吭声，但一提到吃就立刻来劲，大饼带着他去峨嵋酒家吃宫保鸡丁，去新疆办事处餐厅喝酸奶。北京街边的羊肉泡馍、烤羊肉串等各色小吃被他吃了个遍。为了表示感谢，他送给大饼自家做的"乌饭"。大饼第一次见到这种食物，据说当地清明时节才有，他们把乌饭叶捣烂，浸入糯米里，蒸好后拌着红糖吃，祛湿养生。“如果没有网络，你和这些人可能永远都不会有交集。”大饼说。

绝对美好，是不可能的

Lan 和 Lala 是一对年轻情侣，Airbnb 的存在让他们可以换一个心仪的房子租住，然后将其中的一间挂到 Airbnb 上，与形形色色的陌生人分享自己的生活空间。一切在他们看来顺理成章，就像“如果有辆车，我们也可以去开 Uber”。

Lan 和 Lala 租住的房子在北京东直门，交通便利，设施齐全，附近外企很多，许多实习生会来租他们的房子，这部分收入让这对情侣大大减轻了房租方面的负担。他们每月收到的租金足以占到整个房租的一半到 2/3。

每次来房客，Lala 都会给对方一把钥匙，介绍家中各种设施如何使用。家里有什么用什么，在她看来这“就跟在家里一样”。安全问题也并不用过分担心，因为 Airbnb 对房东和房客都有保险，“你一旦出事，所有的事它负责”。

如何让自己的房子出现在 Airbnb 的首页曾让 Lala 费了好些心思。根据她的观察，房间是否能上首页，跟好评率、空置率，还有是不是新加入的房子都相关，“总体来说还是让每个人都有公平跟别人交流的机会”。他们同时也把自己的房间信息挂在国内的民宿出租网站上，但在那边的首页几乎看不到自己的房子，无人问津。Lala 预约了 Airbnb 免费摄影师拍照，虽然等了将近三个月，但照片最终顺利上传，为她带来更多客人。

但是，Lala 和 Lan 非常不满 Airbnb 的收款方式。根据他们的说法，无论房客是否来自海外，使用的是 PayPal 还是支付宝付款，每成功交易一次，房款都要转为美元，房东的收款方式只有国际电汇。除了付给银行大量手续费，加上转外汇本身会折损一部分金额，Airbnb 还会从房东手里收取 3%的房东服务费，整个算下来，Lala 当房东后，每次成功的交易都会被收取 20% 的费用。

除了支付系统不完善，Airbnb 网站上显示的“房费加服务费”也让很多中国人难以接受。如果服务费特别高，很多人会千方百计找到房东，避开 Airbnb，只支付房费。虽然对房东来说没有损失，但不通过平台交易，经常被加微信，暴露手机号码，还是比较麻烦。Lan 认为，Airbnb 不如研究一下中国人的付款习惯，改变策略。与 Airbnb 不同，国内的相关网站胜在灵活度高，如果预付押金，也可以直接线下现金交易。

尽管五湖四海的来客令 Airbnb 的房东们感受到了前所未有的“世界之大”，但人与人的交流并不只有美好。在最初做房东的很长一段时间，大饼做梦都会梦到来自房客的差评，他说：“并不是语言上有障碍，是国情文化有冲突，老外有时候不理解你的办事风格。”他曾因一位新加坡人说餐具不够干净，干脆换掉所有杯盘。许多老外要他准备浴巾，但他们用掉和浪费的浴巾“叠成小山”，此后他坚决拒绝外国人这样的要求。和大饼不同，王阿姨则在逐渐降低中国人预订的比例，因为她总是遇到一些“暴发户”到自家四合院里指手画脚。在她看来，Airbnb 上的评价体系既是让她努力成为一个好房东的驱动力，也是来客的素质保证。房东们根据自己的需求，各取所需。

房东为什么叫房东？这是王阿姨经常为房客解读的信息：“因为房主住北上房，坐北向南，在东头这间。所以北上房的东首就叫房东。”

现实中，这些房东早已不住在北上房，但他们会在某个特别的时刻感受到一种 Airbnb 房东的特别存在感——大饼曾经因为客满不得不取消过一个德国房客的订单。房客来自慕尼黑，在取消的页面上，Airbnb 弹出一个网页，上面写道：“她从一万四千公里外的地方飞过来找你，需要坐 13 小时的飞机，距离她的正式入住时间还有 62 天。你确定要取消订单吗？”

（摘自《读者》2015 年第 19 期）

我们都爱上了朋友圈里的虚伪

孙晓骥

微信朋友圈已变成一个扰人的虚拟空间。

前几年微信刚兴起时，我们视之为一种朋友间的“半私密”空间，经常是随时想到什么、拍到什么就随手往微信上一发。后来微信好友积累渐多，除了普通朋友之外，也有同事。无论关系好不好的，都是一通猛加，故此，工作上的事情渐渐不愿意在朋友圈提及了，怕得罪人。这成为微信生活“虚伪”的起点。

随后，单位领导也加了微信，“畅所欲言”的空间更小。毕竟，“牢骚太盛防肠断”嘛。不仅如此，说话谨慎的同时经常还得主动转发一些领导发的正能量段子，又是点赞又是留言的，总是期望能借此获得领导的某种认同。微信圈的“虚伪”自此愈演愈烈。

再往后，微信加的好友日积月累，从家里的亲属到饭桌上认识的酒肉朋友，从学生妹到企业家，可谓鱼龙混杂、物种丰富。发展至此，至少我已经在朋友圈中彻底放弃了“自我展示”，干脆每天就转发一些鸡汤段子。像鸡汤这类的内容，不能说大部分人喜欢，但至少谁都不得罪。

另外，我有些强迫症似的特别注意朋友圈中发的内容的质量，即使发一句简单的文字，内心也打了长时间的腹稿：这样说话，谁谁谁应该会喜欢，同时也不会令谁谁谁反感。对了，我不应该遗漏微信群和好友分类的功能，它直接让我的微信生活从简单舒适变得复杂心烦——不仅得考虑各色人等的感受，还得分类发布内容。生活的哪些方面适宜展现给哪些相应的人看，这种微妙的分类、计算、发布，占据了不少时间。

不得不说，呈现在微信圈中的自己距离真实的自己，已渐行渐远。我们日益熟练地利用网络和移动端平台来伪装自己、讨好别人、谋求人际资本……真实的自我形象却如风中的烛光般闪烁不明。微信朋友圈真的让我们变得更“虚伪”了吗？

如果答案是一个简单的“是”，那么未免有些流俗。实际上，不妨反问，在微信出现以前，我们的生活真的要比现在“真实”，或者说“不虚伪”得多吗？这个问题是值得深入讨论的。过去，受技术所限，人与人的交流，必须“面对面”。然而，近距离交往时，我们其实也有着微信朋友圈一样的“虚伪”，比如刻意的着装、说话比平时温柔一万倍、脾气变得极好、健谈、慷慨，但说穿了，你自己明白，生活中当你独处之时，以上的“美德”你其实通通都不具备。只有当需要为了人际关系而“表演”时，你才会成为一个称职的生活的演员，一个更“好”的人。

在特定社会场景下，我们的“真人表演秀”几乎也是和微信朋友圈一样的模式化。社会学家欧文·戈夫曼在《日常生活中的自我呈现》一书中，将我们在生活中的表演称之为“前台”。他观察到了真实生活和戏剧表演的某些共同之处：为了特定的目的，人们总是在生活中为自己涂脂抹粉，培养各种礼仪和谈话技巧，通过阅读和学习来获得谈资，凡此种种，构成了我们对外的“公共人格”。这种“公共人格”就是我们人生自我展示的一块广告牌。

我们塑造自我角色形象，并透过它被周围的人知晓，从中，我们积累下了人际资本，博得了重要人物的好感，为自己获得机会并维持这一形象。这便是我们每个人生活常态的一个重要方面，很难说它是不虚伪的。

而戈夫曼也注意到，对于我们这些人生的演员来说，“前台”之外，还存在“后台”。那“后台”就是我们“卸妆”的地方，把自己从社会角色、职业角色和公共人格的表演中暂时解脱出来，作为一个单独的人而存在的时刻。通常，这个时刻不会很多，除了自己和关系极密切的人以外，不会有更多的人看到。

戈夫曼的这套理论在移动互联网时代面临的一个新问题是：移动网络的出现似乎让我们的“前台”以一种可怕的速度在延展，而“后台”的空间则在不断地退缩、减少。讨论这一问题的过程，在某种程度上足以回答本文开头关于微信是否让我们变得更加“虚伪”的设问。如果我们把“虚伪”等同于“前台表演”时间的增多，那么我们将看到，在微信朋友圈的“绑架”下，我们每天几乎 24 小时都处于“前台”。早上起床微信自拍刷脸，每去一个地方都打卡签到，时而低调炫富，时而转发看似寓意深刻的鸡汤文。在这八万四千六百秒的时间内，每一秒钟几乎都贡献给了此类廉价的表演。说实话，悲催的真相是，我们的内心一如过去那样热衷于表演，只是现在表演的成本和门槛更低：几张 PS 痕迹严重的照片、几则转帖、几帧模糊不清的场景，塑造出了我们微信时代的公众形象。换个说法，这叫互联网思维。

互联网思维这个词，于今确实是落伍了。后起代之的一个词是：O2O，中文翻译为“从线上到线下”。当我们对着社交网络热烈表演一通之后，却又发现，无论时代如何倾向于“线上”，但戈夫曼所说的“前台表演”仍然具有确凿无疑的“物质性”和“现实性”。于是，我们尽力使自己在生活中的真实形象符合微信中的虚拟表演，以打通所谓的“O2O 闭环”。其实这就是创业课堂里所宣讲的新商业模式的社会学基础，无非是两种“表演”的交融结合。假如我是一个厨子，那么我不但得菜做得好吃，而且需要在朋友圈里体现出“我是个厨子”。否则，我就不算一个特别称职的厨子。

问题在于，一个厨子的社会角色肯定不只是厨子而已。在另一些时候，他可能是一位食客；在家庭里可能扮演父亲、丈夫等角色；而在雇佣关系中，他又是一个需要讨好老板的员工；如果自己创业，他还需要讨好投资人和金主……所谓的“O2O”，从社会学的角度来看无非就是一种从虚拟到现实的表演，谁能最好地在这场旷日持久的演出中塑造最佳的公众形象和人格，谁就走在了成功的道路上。俗话说：人生如戏，全靠演技。移动时代，这句话更是绝对真理。在登上人生的戏剧前台时，表演者通过精心设计的前台布局、服装、灯饰等因素的配合，以达到更好的表演效果，获得更多掌声。在后台则不需要这些，表演者从前台回到后台，便从戏剧回到现实，即人们在前台的行为举止和在后台时是完全不一样的。

换言之，提供前台表演的场景在一个日益复杂的社会不断增多，我们今天不但要线上的表演，而且要线下的表演，从线上演到线下，每一个不断扩大的前台都占用了我们过多的时间。并且，如今的我们不仅是演员、是观众，还是希腊戏剧中的唱诗班。留言、点赞、转发……让我们成了无比疲惫的演员。我想问的是，当硕大无朋的“前台”不断侵占我们的生活之时，当我们的“后台”已缩小至几无立锥之地，甚至彻底消失时，生活中是否有某些重要的东西正在失衡，在倾塌?

互联网时代的残酷性和暧昧性全在于此。

斯坦尼斯拉夫斯基在《演员的自我修养》里描写过一段表演者在后台的真实经历：“打开灯，端详着自己。我看见了完全不是我期待的形象。我在工作时找到的姿势和手势也并不是我想象的那样。而且，镜子暴露了我以前不知道的身上的那些不协调处和那些不美观的线条。因为这样的失望，我全身的热情一下子消失了。”在我看来，要想使这种表演的热情不至于消失，最佳的办法莫过于让后台消失，进而让这面映照了自我的镜子消失。那样，生活的演员们将永远处于在线的状态，永远满怀热情，永远成为一个他所不是的人。

诡异之处在于，我们已经习惯甚至爱上了这样的状态，自己却浑然不知。

（摘自《读者》2015 年第 21 期）

我愿意去读懂你

王小毛

我真后悔给爸买智能手机，更后悔教会他刷朋友圈。

周一，我在公司被忙碌的工作牵得团团转，郁闷地在朋友圈发了条动态：“一个上午累成狗。”几分钟后，手机提示音响个不停，全是爸发来的超长语音。我以为家里出了什么大事，赶紧放下工作躲进厕所收听。

哦，原来是一堂生动的思想教育课，最后还说：“不要把自己和狗相提并论，你是狗，你爸是什么？”我抱着手机真是哭笑不得，不知和爸从何说起。

一个周末，我约了闺密去逛街，回来时发现好端端的家被我表妹一条名叫肉肉的哈士奇狗给“强拆”了。可肇事者一脸不屑地蹲在门口，根本没表现出一点愧疚之意。卫生纸被撕碎了我忍，沙发被啃了也可不计较，但当我看到摔碎的粉饼和折断的口红时，一股怒火攻上心头，立即拍照片配上狠话发到朋友圈：“这种狗，怎么炖好吃？”

几分钟后，我爸的斥责电话就打了进来：“你是不是疯了？为了这么点事就要杀肉肉!”我实在无语。

有一天天气甚好，我穿着新买的春装去公园玩，为了扮潮，我特意露出一截脚踝，谁承想大好春色他不看，偏偏把注意力放到我的脚上。我赶紧解释，气温回升，一点都不冷，街上的小姑娘都这样打扮。爸大概觉得用语音说费事，直接打电话过来。

最后的结果是我只好妥协，下午回家换了长裤、长袜，并拍照片发给他看。此后，我每天都能收到爸推送的“养生文”，感觉自己有望活到下个世纪。

十一假期到来前三天，爸一改风格，每天准时分享两篇感恩父母系列文章，接着还发来这样的语音：“女儿呀，你要是忙，就不要回来了！爸特别好……咳……咳……”

听听，我怎么能不回去?

那日下了出租车，只见爸正满面红光地在小区门口等我，一边还在和几位邻居侃大山。我主动和几位叔叔打招呼，爸对我的举止、衣着特别满意，在回家的路上不停地示好：“女儿啊，老爸给你做了一桌好吃的!”

爸的厨艺确实很好。我空着肚子赶火车，早已饿得饥肠辘辘，一见蛋黄煽鸡翅、蒜蓉开背虾、红烧排骨，我扑上去抄起筷子准备开吃，却被爸叫停：“等下！我先拍个照!”

为了取个全景，爸踩着一个小凳子，其间三次下来调整摆盘。好不容易拍完饭桌，为了凑“九宫格”，他还要拍我送他的礼物以及我吃得满嘴流油的囧样子。他没完没了地折腾，根本顾不上吃饭。我风卷残云，吃饱喝足后，见他仍弓着身子，不停地删删改改。

爸发完朋友圈，才安心地坐到饭桌前。饭菜已凉透，我提出给他热一下，他却说：“不用热，你快去给爸点赞。”

点完赞，我坐在饭桌旁陪爸聊天。爸啃排骨的时候忽然想起什么，撂下筷子问：“你不会真想把肉肉炖了吧？”

我说：“老爸，我们这代人的表达方式，不是你想的那样严肃。”

爸的脸红了，憋了很久，才说：“你什么事都不跟爸说，爸只能自己想办法去了解。”我心里突然不是滋味，假装埋头刷朋友圈，内心早已波澜四起。

妈去世早，是爸把我拉扯成人。我知道爸爱我，但我总觉得在这世上没有可以倾诉少女心事的人。后来，相继出现的各种社交工具给我的情绪一个出口，我和那些素不相识的陌生人谈烦恼、聊困惑。爸担心我，但我什么都不愿意和他讲，他能做的，便是努力融入我的世界，跟在我的身后，捕捉我喜怒哀乐的蛛丝马迹。

爸在 QQ 上，只与我一人聊天；爸的微博，只关注我一人；爸在微信上倒是偶尔和亲友交流，但把我设为置顶聊天对象。翻一翻我们俩的聊天记录，每次天气突变、流行病来袭……他总是兴师动众地搬运一堆文章，希望能帮到我，而我的回复，永远都是简单的几个字或者表情。

隔日早餐时间，我发现爸坐在桌前看手机。许久，他才笑着说：“哈哈，‘累成狗’原来是这个意思啊！”爸又开始学网络用语了，看他认真记录的样子，我不想再做他特别难懂的女儿。

回到自己的小家后，我做的第一件事就是上网整理网络用语，逐条解释，给爸发过去。

因为在亲情的世界里，只有我们俩。他越来越苍老，靠近我的姿态越来越笨拙，所以我想等一等他。我也愿意认真地去读懂爸，我想告诉他，我的心其实从未与他疏远。

（摘自《读者》2018 年第 8 期，有删节）

致　谢

2020年的春天比往年要来得慢一些，受全球疫情的影响，人们无法到杨柳岸边去感受春天的气息，但与此同时却拥有了更多思考和阅读的时间。沉浸在卷帙浩繁的中华优秀文化典籍中，我们不仅能从中感受到中国文化独一无二的理念、智慧、气度、神韵，还能体会到它在世界文化中展现出的强大生命力。此刻，我们从内心深处更增添了对中国文化的自信和自豪。

为了让读者和我们共同感受中国文化的永恒魅力和蓬勃生机，了解它对转型期中国的重要性，我们策划了《读者丛书·中国文化读本》。这是继《社会主义核心价值观读本》《中国梦读本》《国家记忆读本》成功出版发行之后，甘肃人民出版社策划的第四辑“读者丛书”。丛书以习近平总书记关于新时代中国特色社会主义文化建设的重要论述为指导，立足文化自信，围绕“中国文化是时代精神的反映、社会主义核心价值观是中国文化的灵魂、中华优秀传统文化是中国文化的精神命脉、文艺创造是中国文化的时代最强音符、新兴媒体是中国文化传播的主阵地、国家文化软实力是中国文化的生命力和影响力”等六个主题,从各类图书、报刊、网站精选美文600余篇,编辑成10册,让读者在阅读中感受中国文化的自信和魅力。

《中国文化读本》在策划、编辑出版过程中,得到了中共甘肃省委宣传部、甘肃省新闻出版局以及读者出版集团、读者杂志社等多方的指导和帮助,在此深表谢意!与此同时,丛书的编选也得到了绝大多数作者的理解和支持,他们对作品的授权选编和对丛书的一致认可使我们消除了后顾之忧,对此我们表示诚挚的谢意!虽然我们尽力想把工作做得更细致更扎实些,但由于种种原因依然未能联系到部分作者,对此我们深表歉意,也请这些作者见到图书后与我们联系。我们的联系方式是:甘肃人民出版社(甘肃省兰州市曹家巷1号甘肃新闻出版大厦14楼,730030,联系人:李依璇,0931—8110323)。

“青山遮不住,毕竟东流去。”《读者丛书·中国文化读本》的出版发行,是我们送给人们的一份信念,让我们一起带着这份信念走向春天。

愿春早来,花枝春满,山河无恙,人间皆安!

读者丛书编辑组

2020年3月